译文经典

奥利弗的故事
Oliver's Story

Erich Segal

〔美〕埃里奇·西格尔 著

舒心 译

上海译文出版社

献给卡伦

Amor mi mosse[①]

① 意大利语：是爱推动我这样说。典出但丁《神曲·地狱篇》，此系贝阿特丽切鼓励但丁，对他说的话。

死亡能终结一个生命,却无法终结一段感情,它一直隐藏在活下来的那个人的内心深处,在不经意间促使他做出最后的决定。

罗伯特·安德森
《我从不为父亲歌唱》

一

1969 年 6 月

"奥利弗,你有病呢。"

"你说我什么?"

"我说你病得还不轻呢。"

这个诊断倒吓了我一跳,一本正经告诉我的这位大医学家,敢情是这么一大把年纪才当起医生来的。说实在的,一直到昨天我还只当他就是一个专做糕点的大师傅呢。他名叫菲利普·卡维累里。他的女儿詹尼,原本是我的妻子。后来詹尼去世,撇下了我们两个,还留下了一段叮嘱,要我们相互扶持相互照看。因此我们就每个月过访一次:要就是我上克兰斯顿去看他,两个人一起玩玩保龄球,痛痛快快喝两杯,吃吃异国风味的匹萨饼;要就是他来纽约跟我相叙一番,各种各样的消遣我们也一样玩得尽兴。可是今天他一下火车,却没有照例说几句亲昵的粗话作为见面的招呼,而是大着嗓门对我嚷嚷:

"奥利弗,你有病呢。"

"真的,菲利普?你医道高明,那倒要请问,我到底是哪儿出了毛病?"

"你没有个老婆哪。"

他也没有再细说,就一转身,提着他的人造革旅行包,往出口处走去。

在一派晨光的照耀下,纽约这个玻璃加钢的世界看去倒也似乎不是那么讨厌了。因此我们俩一拍即合,决定步行,到我那个"光棍窝"(我就爱把我现在的家戏称为"光棍窝")要过足足二十条马路呢。顺着公园大道走到四十七号街,菲尔转过脸来问我:"你晚上都怎么过的?"

"哎呀,忙着哪,"我答道。

"哦,忙得很?那可好。都跟谁做伴呢?"

"夜半突击队。"

"夜半突击队是干什么的——是街头党,还是摇滚帮?"

"都不是。是我们几个律师自愿利用业余时间到哈莱姆①去尽点义务。"

"一星期去几个晚上?"

"三个,"我说。

又不做声了,两个人慢慢走啊走的,离闹市区渐渐远了。

顺着公园大道走到五十三号街,菲尔又一次打破了沉默。"那不是还有四个晚上闲着吗?"

"事务所里还有好些事情得带到家里加加班。"

"喔,那倒也是。该加班还是得加班。"我承办的案子涉及的都是时下许多热点问题(例如征兵问题),我案子办得这样认真,菲尔听了却好像连心都没有动一动。因此我只好再稍微点一点,让他知道知道我这些案子有多重要了。

---

① 纽约的黑人聚居区。

"我还经常要到华盛顿去。下个月就要去出庭辩护,有件案子事关宪法修正案第一条①。案子里的这位中学教师……"

"啊,为教师辩护,那是好事,"菲利普说。然后又像顺着话头漫不经心似的添上了一句:"华盛顿的姑娘好不好?"

"这倒不了解。"我耸耸肩膀,只管走我的路。

顺着公园大道走到六十一号街,菲尔·卡维累里却站住了,盯着我的眼睛直瞅。

"你到底要到什么时候才打算把你的车重新开得欢蹦乱跳?"

"事过未久,哪儿能啊,"我说。心里却想:伟大的哲人说过"时间可以愈合创伤",可就是忘了交代清楚这时间到底需要多久。

"两年啦,"菲利普·卡维累里说道。

我马上纠正他:"才十八个月哪。"

"啊,对,不过……"他嘴上应着,可是嗓音沙哑了,渐渐低得听不见了。可见他也至今还感觉到那个十二月的冬日的寒意——这可是才……才十八个月前的事啊。

到家还得过好几条马路,我不想让这凄凉的气氛再凄凉下去,于是就把我那新的住处大大吹嘘了一番。在上次他来过纽约以后,我搬了家,另租了一座公寓住。

到了:"这就是你的新家?"

---

① 美国宪法的前十条修正案通称"人权法案"。修正案第一条涉及的是信仰自由、言论自由和出版自由。

奥利弗的故事 | 003

菲尔扬起了半边的眉毛，四下一打量。屋里收拾得整整齐齐，干干净净。那天早上我特地请了个打杂的女工来打扫过了。

"你这住处叫什么式啊？"他问我。"该叫时派破窝棚式吧？"

"什么话呢，"我说。"我反正简简单单的也就过得去了。"

"我看也是。在我们克兰斯顿连一般的耗子窝都有这样的水平。有的还要讲究多了。这些书都是干什么的？"

"都是法律参考书，菲尔。"

"得，得，"他说。"那你平日究竟做些什么消遣呢——就摸摸这些皮封面当作玩儿？"

我想，这要是作为一件干预隐私案提起诉讼的话，我一定可以庭辩胜诉。

"我说，菲利普，我一个人在家里做些什么，那可是我自己的事。"

"谁又说不是啦？可今儿晚上你不是一个人呀。你和我还得去交际场上露露面呢。"

"去什么？"

"我特地买了这么件花哨的上装，可不是穿着去看一场蹩脚电影的——啊，对了，你对我这件新衣服还没有夸过一句呢。我特地把头发理得这么精光滑溜的，也不是光为了要讨你赞一声漂亮。你我得去走动走动，快活快活。得去结识一些新朋友……"

"什么样的新朋友?"

"女的呗。来吧来吧,好好打扮打扮。"

"我可想去看电影,菲尔。"

"得了,看什么鬼电影!嗨,你听我说,我知道你是不得个诺贝尔苦行奖决不罢休的,可我不许你这样过下去。听见没有?我不许你这样过下去!"

他简直是放开了嗓门在申斥我了。

"奥利弗呀,"菲利普·卡维累里一下却又变成个耶稣会①的神父了,"我是来拯救你的灵魂的,我是见你危险特来救你的命的。你要听我的话。你听不听啊?"

"我听,菲利普神父。那么请明明白白告诉我,我到底该怎么办好呢?"

"该结婚哪,奥利弗。"

---

① 天主教的一个修会。

二

我们是在十二月的一天清早把詹尼安葬的。幸而是在清早,因为到下午一场特大的新英格兰暴风雪袭来,一下子就变出了一个雪垒冰封的世界。

爸爸妈妈问我是不是就跟他们一起搭火车回波士顿去。我尽量做到不失礼数,客客气气回绝了。我一再推说菲利普少不了我,没有了我他要垮下的。其实情况倒是正相反。我这辈子几曾尝过人世间的生离死别之痛,连伤心痛哭都还得要菲尔来教我呢。

"可要通通音信啊,"爸爸说。

"好,一定。"我跟他握过了手,又在妈妈面颊上亲了亲。列车就北去了。

卡维累里家起初并不冷清。亲亲戚戚都不想把我们两个就孤零零撂在家里。不过他们终于还是一个个都走了——也难怪,大家都有个家庭,总得回家去吧。临走时个个都让菲尔作出了保证,铺子要重新开张,生意要做起来。不干这档子事又干什么呢。他听了总是点点头,大概算是表示同意吧。

最后就剩了我们两个,在屋里干坐着。我们根本就不用动一动,因为大家都没忘记替我们在厨房里备了许多吃的,色色齐全，都够吃上个把月的。

眼前没有了这些姑妈阿姨、远近表亲，没有人来分散我的心思了，我感觉到礼仪这一剂麻药在我身上产生的药性也渐渐消失了。以前我只当自己这尝到的就是伤心滋味。现在才知道那只是知觉麻木了而已。痛苦还才刚刚开始。

"嗨，你也该回纽约去了，"菲尔嘴上虽这么说，那口气听来却并不是很坚决。我也没有对他提出"答辩"，其实他的糕点铺子也不见得就已经开门营业。我只是说："不行。除夕夜我在这儿克兰斯顿还有个约会。"

"跟谁？"他问。

"跟你呀，"我答道。

"那倒也不错，"他说，"不过跟你说好——到元旦早上你就回去。"

"OK，"我说。

"OK，"他说。

爸爸妈妈每天晚上都有电话打来。

"没有，没有什么事，巴雷特太太，"菲尔在电话里总是这样对妈妈说的。妈妈显然是在问可有什么事需要她……帮忙的。

"请别费心，爸爸，没什么事，"轮到我，我总是这样说。"我心领了。"

菲尔让我看了一些"保密"的照片。当初詹尼下过最严格的命令，这些照片是绝对不许让我看的。

"哎呀，菲尔，我戴着矫齿架的照片可说什么也不能

奥利弗的故事　｜　007

让奥利弗看啊!"

"詹尼啊,可那时候你的样子才逗人喜爱呢。"

"我现在还要逗人喜爱呢,"她的回答充分表现了她的詹尼性格。随即又补上了一句:"娃娃时代的照片也一张都不能让他看啊,菲尔。"

"可这又是为什么?为什么不能让他看?"

"我不想让奥利弗看到我那个胖娃儿样。"

她们父女俩的这场快活的舌战,叫我看得简直出了神。其实当时我们已经结了婚,我也总不见得会因为她小时候戴过矫齿架,就提出要跟她离婚吧。

"嗨,这屋里到底谁说了算?"我巴不得他们热热闹闹把嘴斗下去,就问菲尔。

"你猜呢?"他笑笑说。结果照相簿没有打开,就这样又收了起来。

可今天我们看了。照片还真不少呢。

早期的照片张张都有个显眼的人物,那就是菲利普的妻子特里萨·卡维累里。

"她真像詹尼。"

"她长得可好了,"菲尔叹了口气说。

就在詹尼留下胖娃儿照之后、戴上矫齿架之前,中间看得出有个分野,从此照片里便再也没有了特里萨的身影。

"我真不该让她晚上开车,"菲尔说话的神气,好像她出车祸去世还是昨天的事情似的。

"你是怎么挺过来的呢?"我问。"你怎么经受得住的?"我这样问他其实可是为了自己,我想听听他是不是有什么巧方儿可以供我借鉴,好抚慰抚慰我心灵的创伤。

"谁说我经受得住啦?"菲利普回答说。"不过我好歹膝下还有个小女儿……"

"对,是得要你照看……"

"哪儿呀,是她来照看我呵,"他说。

于是我就听到了一些故事,在詹尼弗的一生事迹中这些故事原本是归入"背景材料"一类的。小女儿总是想尽办法来照应爸爸,来减轻爸爸的悲痛。爸爸只好听女儿的,由女儿来做饭。更要命的是,女儿从超市的杂志上一知半解看来了菜谱,学着做出来的菜他还不能不硬着头皮吃下去。一到星期三晚上,女儿就非要他照老规矩去跟一班老朋友玩上几盘保龄球不可。总之女儿是千方百计总想使他快活起来。

"你一直没有再结婚,就是因为这个缘故吗,菲尔?"

"因为什么呀?"

"因为詹尼的缘故,是吧?"

"哪儿呀。她倒是老缠着我,要我去找个老伴哩——还替我物色对象、安排约会哩!"

"真的?"

他点了点头。"我不说瞎话,南起克兰斯顿北到波托盖[①],

---

① 罗德艾兰州东北部的一个城镇。

凡是条件相当的意大利裔美国娘们,她全都给我介绍过,我敢说决漏不了一个。"

"可就是都看不上眼,是不是?"

"倒也不是,有几位还是挺不错的,"他说。他这话倒很出乎我的意料。"比如有位里纳尔迪女士,是詹尼念初中时的英语教师……"

"哦?"我应了一声。

"她就挺不错。我们来往过一阵子。她如今早嫁了人了。孩子都有了三个了。"

"我看你是根本没打算想结婚,菲尔。"

他望着我,把头摇摇。"我说奥利弗呀——这样的好福气我可是已经享受过一回了。我算是什么东西,哪里敢存这样的妄想——常人一次都难得的好福气,难道想要上帝赐给我两次?"

说完他好像憋不住把眼光避开了,大概是向我吐露了真情,感到有些后悔吧。

到了元旦那天,他简直是连推带搡逼着我乘上火车回家的。

"别忘了是你亲口答应了的,得回去干你的事了,"他说。

"大家彼此彼此,"我也回他一句。

"干点儿事有好处哪。真的,奥利弗,好处真大着哪。"他的话说完,列车也就开动了。

菲尔的话说得有理。一头扎进了人家的诉讼案子,我原先郁积在心中的愤懑便由此而得到了宣泄。我原先总有那么个感觉,总觉得自己仿佛受了谁的什么委屈。是社会体制有问题!是天道有亏!因此我就觉得自己应当切切实实做一些事,去纠弊补偏。这样我同意承办的案子里,属于"错案"性质的也愈来愈多了。要知道,当时我们的百花园里秽草恶卉还是不在少数的。

由于"米兰达诉亚利桑那州"一案(384 U.S. 436)①的影响,我便成了个大忙人。从该案开始最高法院就确认了:对嫌疑犯务必先讲清楚,在尚未请得律师的情况下他有权暂不回答问题。此前也不知有多少人根本还没有请教过律师,便给匆匆押上法庭审理结案了——我一想起来就激动,真为这些人愤愤不平。利罗伊·西格就是一个例子:我通过美国公民自由协会承接下他的案子时,他早就给关在阿蒂卡②了。

这位利罗伊老兄当初之被定罪,依据的是有他签字的一纸供状,其实那是经过了长时间的审讯以后,被警方以巧妙的手法套取了去的。(他们也真有办法——可这是不是合法呢?)他签下名字的时候,也不清楚这个字签下去分量有多重,他只求签了字就能让他合会儿眼。他的案子一经提出复审,当时就成了援用"米兰达"案判例的纽约几宗大案之一。结果我们终于

---

① 这是美国司法史上的一个著名判例,1966 年由沃伦主持下的最高法院作出判决。
② 阿蒂卡:指纽约州的阿蒂卡监狱。

奥利弗的故事

使他得以出了班房。算是讨回了一点公道。

"真谢谢你啊,老兄,"他谢过了我,就转过身去吻他热泪盈眶的妻子。

"不要太激动了,"我应了一声也就走了——我又不能叫利罗伊·西格把快乐分一点给我。再说,他到底还有个老婆呢。而且,话又得说回来,我们律师私下行话中的所谓"冤包子",天下也实在太多了。

再如桑迪·韦伯也是一个例子。他是跟征兵局打的官司,为的是出于信仰原因,他要求援例免服兵役。征兵局觉得事情难办。桑迪如果是教友派倒也罢了①,可他又不是,所以很难证明他不肯去打仗原因不在于怕死,而是出于他"根深蒂固的信仰"。尽管他明知官司打起来吉凶难卜,桑迪却还是情愿留下来打这场官司,怎么也不肯逃到加拿大去。他要表明自己是对得起良心的。自己是坚决主张非暴力的。为了他他的女朋友都快急死了。他有个朋友就在刘易斯堡②坐班房,那日子才不好过呢。因此他的女朋友就劝他:我们还是逃到蒙特利尔去吧。他却说:我要留下来战斗。

我们战斗了。第一次官司没打赢。我们又提出上诉,这一次到底胜诉了。虽说他还得去一家医院里洗上三年碗碟,他却乐意得不得了。

---

① 教友派,又称公谊会或贵格会,为基督教新教教派之一。创始人福克斯劝诫会徒向"主"祈祷时须作颤栗状,故会徒被称作贵格(颤栗者)。该教派反对一切战争和暴力,在美国规定教友派成员可以免服兵役。
② 在宾夕法尼亚州中部,该处有一联邦监狱。

"你真神哪!"桑迪和他的女朋友唱着这么句歌儿,一齐来跟我拥抱。我回了他们一句:"坚定信心就是胜利,"就一迈腿走了,这屠龙伟业还有待我去扩大战果呢。我也回头看过他们一眼,见他们俩在人行道上简直跳起舞来了。可我就是笑不起来。

唉,我心头只觉得愤懑难言。

我就埋头工作,总是能干到多晚就干到多晚。我真不愿意下班回家。也不知怎么,家里似乎什么都会浮现出詹尼的影子。就比如那架钢琴。还有她那些书。我俩一道挑选的那套家具。真的,我心里甚至还掠过了一丝想搬家的念头。好在我总要老晚才回到家里,搬不搬家暂时好像也无所谓。渐渐地,一个人在冷清清的厨房里独自吃饭我惯了,一个人听录音带听到夜深我也惯了——不过詹尼的那张读书专用椅我是从来不去坐的。我甚至还自己摸索出了一些门道儿,在我们那张空荡荡的大床上我也勉强睡得着觉了。所以心里也就觉得不是非搬家不可了。

可是有一天我打开了一扇橱门,情况就起了突变。

那是詹尼的衣橱,本来我是从来不去碰一碰的,可是那天也不知怎么,我却糊里糊涂打开了这衣橱门。一眼就看见了她的衣服。詹尼的连衫裙,短上衣,领巾披巾,全在那儿。还有羊毛衫——里边有一件还是她中学时代穿的老古董呢,尽管早已穿得都快烂了,她却一直舍不得丢掉,在家里还常穿的。一橱的衣服都在,可就是詹尼不在了。怔怔地瞅着这些遗物,绸的毛的好大一堆,我也真说不上心头到底是个什么滋味。反正总依稀有这么个向往吧:我要是去把那件老古董羊毛衫摸一下,是不是就能沾到一点詹尼的娇躯散落下的屑屑粒粒呢?

我把橱门一关,从此再也没有去开过。

两个星期以后,菲利普·卡维累里悄悄来收拾起詹尼的东西,一股脑儿都拿了去。嘴里还兀自咕哝,说是天主教会里有个专门帮助穷人的机构,里边的人他认识。他借来了一辆送面包的卡车,好把东西运到克兰斯顿去,临走一本正经向我道别:"你要再不搬家,我今后就不来看你了。"

说来也怪。屋里凡能引得我睹物思人的种种东西一旦被他席卷而去以后,我不出一个星期就找到了一套新的住房。新居面积不大,更有点牢房的味道(记得吗,纽约凡是底层的屋子窗上都是钉了铁条的)。那其实倒是一幢上等的住宅,正房住的是一位剧院的阔老板,我住的则是半嵌在地下的底层,比起正房来就要差点儿了。他家的漂亮大门门把儿金光锃亮,不过好在要进他的家门得上一列台阶,所以去他家胡天胡帝的人再多,也打扰不到我。而且我这新居离上班的地点要比以前近多了,到中央公园更是几步路就到。种种迹象显然表明,我心灵的创痛看来要不了多久就可以平复了。

可是我的心里总还揣着一大块心病。

尽管我这新居四壁都挂上了新的装饰画儿,连床也换了一张簇新的,尽管朋友见了我说"老兄,气色不错啊"的也愈来愈多了,可是其实我还一直暗暗藏着我那亡妻詹尼的一样遗物。

家里写字台最下面的一个抽屉里，我还藏着詹尼的眼镜。而且不是一副，我把两副全藏在那儿。因为我只要对她的眼镜看上一眼，就会想起当初透过镜片便能把我一眼看透的那一对可爱的眼睛。

不过除了这一点以外，在其他方面我还是蛮不错的。所以见到我的人，也个个都毫不犹豫地说我蛮不错了。

三

"你好,我叫菲尔。我是个烤糕饼的迷。"

我简直不敢相信自己的耳朵!听他这样赶时髦说这个"迷"字,人家真会当他烤蛋糕是一种业余爱好,不会想到他可是靠这个手艺吃饭的。

"你好,菲尔,我的名字叫简。你这位朋友好俊俏。"

"你那位朋友也不赖,"菲尔说,他简直天生就是这一套闲扯淡的一等高手。

双方妙语连珠,对答如流,那对话的所在是一家专做单身男女生意的档次颇高的酒吧,位于六十四号街和一号大道的转角上,我管这家酒吧叫"马克斯韦尔李子干"。其实店名正经应该叫"马克斯韦尔李子"①,但是我处处都拿挖苦的眼光看事物,人家尽朝好里想,到了我的眼里李子可就瘪答答的成了李子干了。总之一句话,我讨厌这家酒店。店里那帮以美男子自命的风流时髦郎,个个自鸣得意,嚼不完的舌头,我见了实在受不了。你瞧他们,都装出了一副百万富翁或文学评论家的架势。其实只怕连那单身汉的样子都是装出来的。

"这位叫奥利弗,"菲利普·卡维累里说道,他一身衣服是罗伯特·霍尔男子时装商店的出品,发型是克兰斯顿意式发廊的杰作,开司米毛衫是皮尔·卡丹的名牌货(是在法林百货公司的地下商场买的)。

"你好,奥尔,"简说。"你长得好俊俏啊。你也是个糕饼爱好者吗?"

她八成儿是个模特儿。就是时装杂志上的所谓苗条尤物一类吧。不过在我看来她就像是长颈鹿一头。她自然还有个朋友,朋友长得矮矮胖胖,名字叫玛乔丽,介绍给我们的时候就听见她咯咯傻笑。

"你常常上这儿来吗?"问这话的是简,也就是那个苗条尤物长颈鹿。

"从没来过,"我答道。

"唷唷,上这儿来的人谁不是这样说的呢。我可就是周末来。我是住在外地的。"

"巧喽,"菲尔说。"我也是外地来的。"

"那你呢?"简问我了。

"我是魂灵儿根本没在这儿,早吃饭去了②,"我说。

"别开玩笑了,"简说。

替我保驾的菲利普赶紧来打圆场:"他的意思是说,我们

---

① 这里的"李子"原文为 plum,plum 一字还有一个意思,是"好收获";上文的"李子干"原文为 prune,也另有一个意思,是"讨厌的家伙"。英语中有句俗语"李子变成李子干了",意思就是"多好的东西变得干巴巴毫无味道了"。奥利弗的调侃,意思就在这里。
② 原文为 I'm out to lunch,按 out to lunch 字面上的意思是"出去吃饭",但是在美国俚语中这个词组已经转义,演绎出了很多意思,可以作"心不在焉"、"神不守舍"讲,也可以作"不合潮流",甚至"愚蠢"、"怪诞"、"发疯"讲。奥利弗的本意显然是表示他对于在这里找对象不感兴趣。下文菲利普却替他改了口。

想请你们两位一起去吃饭。"

"妙,"简说。

我们就在附近一家叫弗洛拉美食府的饭店里吃了饭。

"很够档次,"简说。

美味佳肴是很够档次,不过恐怕还得补上一句,就是那价钱也是很够档次的。我拗不过菲尔,只好由他去付账(虽说他一看账单,也掩不住那吃一惊的神气)。他大模大样地拿万事达信用卡付了账。我当时心想:他这一大方,总得卖掉几大筐糕饼才能挣得回来吧。……

"你很有钱吧?"那老爱傻笑的玛吉①冲着菲尔问。

"这个嘛,可以说有点家底吧,"菲尔的答话俨然是克兰斯顿王爷的气派,随即又补上一句:"不过论文化水平还比不上我这位女婿。"

场面顿时冷了片刻。哎呀,瞧这个要命的尴尬劲儿!

"女婿?"还是简开了口。"这么说你们两个是已经……?"说着那指甲长长的瘦细的手画了两个圈圈儿,一副质问的架势。

菲尔不知道该怎么回答好,我不能坐视不救,就点点头表示确是这么回事。

简"哇"的一声叫了出来:"这真是奇哉妙也。请问你们的太太在哪儿?"

"这个……呃……"菲尔半天也说不上来,"她们……"

---

① 玛乔丽的昵称。

于是又冷场了,菲利普急得抓耳挠腮。

"都不在本地了,"我就赶紧上来接应,免得他再窘下去。

随后又是一阵沉默,简也终于明白这是怎么档子事了。

"真有意思,"她说。

菲尔两眼只顾瞅着墙上的壁画,可我已是再也忍不住了。

"二位,"我说,"我得走了。"

"怎么?"简问。

"有张黄片哪,我能不去吗,"我一步一退边说边溜。

"唷,这倒奇了,"我听见那脑瓜飞灵的简嚷了起来。"有这样的怪人,看黄片就一个人去?"

"哎,我又不是去当看客,"我隔着拥挤的店堂往她们那边喊去。"我是当主角去的!"

不大一会儿,菲尔就在街头追上了我。

"嗨,我说你呀,"他说,"这第一步总得要迈出去的。"

"这不,不是已经迈出去了吗?"

"那你干吗走了呢?"

"这种乐儿太甜了,我消受不起哪,"我说。

我们一路走去,再没言语。

"你听我说,"后来菲利普终于开了口。"正经的日子总还得过下去吧,这个路子也可以走走嘛。"

"我不信就没有更好的路子。"

奥利弗的故事 | 019

"什么样的路子?你倒说说看呢。"

"哎,这又怎么说呢,"我故意跟他开了个玩笑。"就比方说,去登个征友广告吧。"

我这话一出,他半晌没有吱声。后来好容易才应了一句:"你已经登过广告了。"

"你说什么?"我站住了,两眼瞅着他,真不敢相信自己的耳朵。"你说我什么?"

"詹尼以前常看的有本漂亮的书评杂志,你知道吧?我代你去登了个广告。别急。绝对没有乱写一气。写得可精彩着哪。一点不落俗套。"

"哦!"我说。"那内容到底说了些什么呢?"

"大致就是这么个意思:'纽约某律师,酷爱运动,喜欢研究人类学……'"

"你怎么想出来的,胡扯了个人类学?"

他耸耸肩膀。"那才像个高深的学问哪。"

"唷,真有你的。有回音吗,我倒真想看看。"

"有啊。"说着他就从口袋里掏出三个各各不同的信封来。

"信上怎么说?"

"人家的私信我是向来不看的。"菲利普·卡维累里如今又成为捍卫隐私权的坚定斗士了。

因此我就在橙黄色的碘钨路灯下,怀着迷茫而又带些不安的心情——更何况还有菲利普就在背后——随意抽了一封,拆开来看。

我的乖乖！我看得暗暗叫了起来，不过总算没有叫出声。菲尔装作没有偷看，可也只有倒抽一口冷气的份儿："我的上帝！"

来信的人倒真是一位对人类学很感兴趣的。可是信里提出要我跟她搞的邪教的那一套，也实在太荒唐、太出格了，难怪菲利普看得差点儿昏了过去。

"这简直是开玩笑，"他有气无力地吐出了一声咕哝。

"是啊。是跟你开了个玩笑，"我回答说。

"可这种怪里怪气的玩意儿有谁吃得消啊，奥利弗？"

"菲利普，这就是'奇妙的新世界'①啊，"为了掩饰，说着我还微微一笑，其实我自己也吓了一跳。另外两封信我索性就往垃圾箱里一扔。

菲利普仿佛受了重责，一言不发，走过了一两条马路，才说："哎哟，真是对不起。我实在不知道啊。"

我搂着他的肩头，不觉哑然失笑。他于是也就一扫愁容，嘻嘻地笑了。

我们在温馨的纽约的暮色中回家去了。我们就是两个人。因为我们的太太……都不在本地了。

---

① "奇妙的新世界"一语出自莎士比亚的诗句，也是英国作家奥·赫胥黎一部讽刺小说的书名。

四

跑步好。

跑步可以清醒头脑。可以松弛神经。独自一人去跑步,旁人也不会说你孤僻什么的。所以,我即使手头有什么举足轻重的案子,哪怕已经在法庭上出了整整一天的庭,管它是在华盛顿还是在哪儿,我总要抽个空子把运动衫裤一穿,出去跑上一阵。

以前我固然也打过一阵壁球。可是打壁球还得有其他的本事。比方说,一张嘴就得会说说话儿,至少得喊喊"好球",或者唠唠"你看我们今年能不能把耶鲁队杀个片甲不留?"可眼下再要来这一套我已经力不从心了。因此我就去跑步。在中央公园里跑步锻炼,是根本用不到跟人说话的。

"嗨,奥利弗,你这个王八蛋!"

一天下午我似乎听见有人在喊我的名字。是我的幻觉吧。在公园里从来也没有指名道姓来叫我的。因此我还是一个人慢慢跑我的。

"你这个哈佛来的势利鬼!"

虽说哈佛来的势利鬼天下也多了,可我不知怎么还是心里一动,意识到那的确是在叫我。回头一看,原来是以前读本科时跟我同住一个宿舍的、六四届的斯蒂芬·辛普森,正骑着自行车赶来,都快追上我了。

"嗨,你这个家伙到底出了什么毛病啦?"一见面他可是这样跟我招呼的。

"辛普森,你有什么资格跑来说我有毛病?"

"怎么没有啊,第一,我已经医学院毕业,如今是个够格的医生了;第二,我跟你应该说有朋友之谊吧;第三,我几次给你留了信,你却始终没有给我回音。"

"我是想,你们读医的不见得会有时间……"

"哎呀,巴雷特,我忙是忙,可再忙总也得结婚吧,我跟格温结婚了。我给你打过电话——还打过个电报到你的事务所去请你——可你始终不赏脸。"

"噢,真对不起,斯蒂夫,我怎么就不知道啊,"我撒了个谎想搪塞。

"是吗?那你怎么过了两个星期又送来了结婚礼物呢?"

我的耶稣,这个辛普森没有做律师真是太屈才了!可我这话又怎么跟他解释呢?其实我不是不赏脸,是真的不想见人啊!

"抱歉抱歉,斯蒂夫,"我嘴上应着,心里只巴望他快快把车一蹬,去赶他的路。

"怎么要你道歉呢,该我们体谅你才对。"

"多谢。代我向格温问好。"他却还是赖着不走。

"喂,跟你说件事——你可别问我原因,反正格温是一心想见见你,"辛普森说。

"她这不是要自找罪受吗,她这个病可不轻哩。看过医生了吗?"

"就找我看啦。我告诉她,她的神经有毛病。想去看看戏吧,我们又看不起,只好想个花钱最少的办法,找你给她解解闷去。星期五晚上如何?"

"我忙着哪,辛普森。"

"是啊,这我也知道。你们常常连晚上都要开庭。这么办吧,准八点,请一定光临。"

说完他就加快了速度,蹬着车子走了,只回头说了一句,像是怕我脑子不大好使,得再三叮嘱似的:"记住是这个星期五的晚上八点整。我们的地址电话簿里有,可不能推这推那到时候不去啊。"

"你就算啦,斯蒂夫!我反正是不会去的!"

我回绝得这样坚决,他却只装没有听见。好狂妄的小子,真当我是这么好摆弄的哩!

不过我到底还是带上两瓶酒去了。雪莉—勒曼酒店的那个伙计一力推荐,说"兰施巴日堡"牌号的法国原封葡萄酒虽然是用"五摘头"葡萄①酿的,其实倒是物美价廉,在波尔多葡萄酒中堪称一流("称得上是澄莹甘洌、醇厚隽永")。因此我就买了两瓶64年酿造的。到时候就算我不知趣,弄得辛普森两口子都哭得出来,那至少也有美酒可以给他们压压气儿。

---

① 即晚收的葡萄。葡萄长成后头一次采摘的称为头摘,以后陆续采摘到第五次,即称为"五摘头"。

他们见了我，显得挺高兴的。

"奥利弗，你一点都没有变！"

"你也一点都没有变，格温！"

我一看，他们连墙上挂的画也没有变。还是安迪·沃霍尔①那几张波普味儿最浓的得意之作。（几年前我们两口子去看他们时，我的那位就说过："我小时候金宝汤喝得都腻味了，我才不会把这一套挂在墙上呢！"）

我们就席地而坐。墙角的音响喇叭里传来的是保罗和阿特②轻柔的歌声，一个劲儿问我们去不去斯卡博罗赶会。斯蒂芬开了一瓶蒙达维白葡萄酒。我们谈的尽是些压根儿不着边际的话，倒是我边谈边吃，把椒盐脆饼吃了不少。比如我们谈起了，当住院医生有多乏味啦，斯蒂夫他们两口子能过上个清静的夜晚真是难得啦。当然还少不了要我发表一下意见：今年哈佛是不是有可能把耶鲁队杀个大败？格温问得也稀奇，她根本没提是什么球。反正什么球赛在她眼里都是神妙莫测的玩意儿。那也就含糊过去算了。反正他们主要的目的是要让我别感到拘束。其实我的情况要比事前担心的好多了。

---

① 安迪·沃霍尔(1928—1987)，美国画家，60年代"波普艺术"的领袖人物。"波普艺术"是一种现代派艺术潮流，作品往往以日常用品为题材，食品罐头、路牌招贴都可入画(有时甚至还将实物直接置于作品中)，如下文所说的"金宝汤"即为一例。"金宝汤"是一种常见的花色汤罐头（"金宝"是商标名）。
② 保罗即著名歌星保罗·西蒙，阿特为其合作者阿瑟·加丰克尔（阿特系阿瑟的昵称）。他们演唱的这支歌，歌名叫《斯卡博罗集市》，为电影《毕业生》中的一支插曲。歌词里有一句："你去不去斯卡博罗集市？"

这时候突然门铃响了,我不由得一愣。

"怎么回事?"我问。

"别紧张,"斯蒂夫说。"没什么,是又有客人来了。"

我从这铃声里就听出内中必有布置,果不其然!

"是些什么样的客人?"我就问。

"哎呀,其实也就只一个客人,没有第二个,"格温说。

"这么说是个'单身客',对不对?"我这时候只觉得自己就像一头给逼得无路可逃的野兽。

"全是碰巧,"斯蒂夫说着,就去开门了。

真要命!我绝足不登人家的门,道理也就在这里!这班热心"帮忙"的朋友,实在叫我受不了。今天要演的是怎样一场戏,我早已料到个八九分了。来的不是以前同住一个宿舍的老同学,就是年纪大一些的"小姐妹",再不就是当年的同班好友,一定都是刚离了婚的。该死,又中了一次埋伏了!

心里一火,我恨不得就要骂"娘"。可是面前的格温毕竟跟我不是很熟,所以我只是吐出了一句:"扯淡!"

"奥利弗,这人可是挺不错的。"

"真对不起,格温。我知道你们俩是一片好心,可是……"

就在这个当儿斯蒂夫回来了,把今夜活该倒霉的那位姑娘迎了进来。

钢丝边的眼镜。

我得到的第一个印象就是她戴一副圆形的钢丝边眼镜。而且已经在忙着脱衣服了。她脱去了外套——那外套是全白的。

辛普森介绍说这是他医学院里的老同学、儿科的住院医生乔安娜·斯坦因医学博士。眼下他们都在同一所医院里"卖命"。我也没有对她多看上一眼,所以也说不准她长得漂亮不漂亮。不知是谁说了句"大家来一起坐,喝一杯",于是我们就都遵命照办。

随后大家便闲聊了好一阵。

渐渐的我注意到这位乔安娜·斯坦因医学博士除了戴一副圆形的钢丝边眼镜以外,还有一副柔和的嗓音。再后来我又注意到这副柔和的嗓音说出话来不但思维敏锐而且颇为厚道。幸运的是谈话里始终没有涉及我一个字。估计辛普森他们事先已经把我的"情况"给她吹过风了。

"这种生活真没味道,"我听见斯蒂夫·辛普森说。

"这话说得有理,"我说。说完我才意识到他和格温俩刚才是听了乔安娜的一番苦经表示同情,那是在说住院医生有多难当。

"那你下了班做些什么调剂调剂精神呢,乔?"我问。可话出了口心里却犯了嘀咕:天哪,但愿她不要误会我弦外有音,有意要请她出去玩玩。

"我就睡觉,"她回答说。

"是吗?"

"有什么办法呢,"她又接着说下去。"回到家里哪还有一点力气呵,往床上一倒,一睡就是二十个小时。"

"哦。"

出现了冷场。这种时候谁还愿意开口呢?这个球接到了手上,不管是把球传出去,还是自己带球跑动进攻,争取推进个十码二十码①,都是够扎手的。大家坐着默无一语,这一坐竟坐了仿佛有一个世纪。一直坐到格温·辛普森请大家入席。

恕我说句骨鲠在喉的老实话,格温虽是个大好人,在烹饪技术上却是不大有天赋的。有时候她烧出来的白开水都会有股不折不扣的焦味。今天晚上也并不例外。甚至可说比起平时来更是……有过之而无不及。不过我还是只顾我吃,好省得说话。就是吃坏了肠胃,弄到要看急诊,反正也有两位大夫就在跟前。

就是在这样的场面下,也就在大家品尝(你爱信不信?)一道其焦如炭的干酪饼时,乔安娜·斯坦因问我了:"奥利弗?"

我在法庭上盘问证人可有经验了,所以当下马上就反应了过来。

"有何见教?"

"你喜欢歌剧吗?"

糟糕,这个问题问得蹊跷!我心里暗暗嘀咕,一边就忙不迭地琢磨她问这话用意何在。她是不是想要跟我谈谈《艺术家的生涯》②或《茶花女》③那样的歌剧呢?正巧这一些戏都是以女主角的死别而落幕的。她也许是要借此让我把感情宣泄一下吧?不,她也不至于这样不懂社交场上的规矩。可不管是也罢

---

① 这里所说都是美式橄榄球的术语。
② 《艺术家的生涯》,又名《绣花女》,意大利作曲家普契尼(1858—1924)作。
③ 《茶花女》,意大利作曲家威尔地(1813—1901)作。

不是也罢，此刻满屋子鸦雀无声，大家都等着我回答呢。

"噢，歌剧嘛，我倒也不是不喜欢，"我就回答说，不过我留了个心眼儿，总得处处都顾着点，于是就又补上一句："只是意大利、法、德这三个国家的作品我不欣赏。"

"这就好。"看她答应得不慌不忙。难道她要跟我谈的是中国的歌剧？

"星期二晚上梅里特要上演珀塞尔①的作品。"

瞧这该死不该死，我忘了说英国歌剧了！这一下恐怕少不得要陪她去看一出英国歌剧了。

"希拉·梅里特是今年最走红的女高音，"斯蒂芬·辛普森也来了一句，对我形成了"夹击"之势。

"而且唱的又是《狄多和埃涅阿斯》，"格温跟着上来帮腔，这就成了一场"三打一"。（狄多，又是个遇上了负心汉而结果落得一命呜呼的女子②！）

"听你们一说倒还挺不错嘛，"我只好投降。尽管心里可把斯蒂夫和格温都骂了个够。可我骂得最厉害的还数那"兰施巴日堡"，就因为这法国原封葡萄酒发生了作用，我才顶不住而改变了初衷，我原先可是想说我听了什么样的音乐都要恶心的。

"啊，那就太好了，"乔安娜说。"我有两张票子……"

---

① 亨利·珀塞尔(1658?—1695)：英国作曲家。
② 狄多是神话传说中的迦太基女王。传说特洛伊战争的英雄埃涅阿斯被大风吹到迦太基，狄多落入了他的情网，后来埃涅阿斯偷偷离开了迦太基，狄多因失望而自杀。

哈,来了!

"……不过我和斯蒂夫都要值班。我在想是不是可以请你和格温去看。"

"让格温去看她是高兴都来不及呢,奥利弗。"斯蒂夫口气里的那个意思是说:他太太也真应该调剂一下生活了。

"那好吧,"我说完,又想到应该表现得热情点儿才是,于是便又对乔安娜说:"多谢了。"

"你能去就太好了,"她说。"请给我爹妈带个口信,就说你见到我了,我还活得好好的。"

这是怎么说呢?我倒不禁暗暗打了个寒噤,脑子里马上想到的是邻座上就坐着乔安娜·斯坦因的妈妈,两道目光咄咄逼人:"喜欢我的女儿吗?"

"他们都在弦乐部,"她说完就跟斯蒂夫一起匆匆走了。

就留下我和格温,还坐在那儿。我想自己做出这样荒唐的事来,理应责罚责罚自己,因此就硬着头皮再去吃一块焦炭干酪饼。

"这'弦乐部'倒是在哪儿呀?"我问格温。

"通常是在木管乐部的东边。乔安娜的爸爸妈妈都在纽约市歌剧院,妈妈是中提琴手,爸爸拉大提琴。"

我"噢"了一声,便又罚自己啃下了一大口。

沉默了好一阵。

格温终于说了:"跟乔见上一面,难道就真是那么不好受?"

我对她瞅瞅。

还回了一句:"可说的是哪。"

五

我今虽身归……

由此开头的这支曲子,在1689年可是风行一时的。看英国歌剧也有个苦恼之处,那就是歌中的同意偏偏往往都能让你听懂。

我今虽身归——
身归黄土,
望君切勿因我之过,徒增心中——
心中愁苦……

迦太基女王狄多快要自尽了,她觉得有必要唱上一支咏叹调,把这段心曲向世人倾诉。音乐自是美妙,歌词又极典雅。希拉·梅里特唱得也着实出色,博得那么多的彩声的确并非偶然。最后她到底合上了眼,众爱神手持玫瑰边撒边舞,于是幕落。

我们也站了起来,我说:"嗨,格温,今天这戏算是让我看着了。"

"那我们就去谢谢两位东道主吧,"她答道。

我们从散场的人群里挤出一条路来,来到了乐池里。

"斯蒂夫呢?"斯坦因先生见面就问,当时他正在给大提琴上套子。他头发已略有些花白,看那松松散散的样子,像是不大有跟梳子打交道的习惯。

"他跟乔安娜一起在值班,"格温答道。"这位是奥利弗,乔安娜的朋友。"(真是,又何必要这样特意强调呢!)这时斯坦因太太也提着她的中提琴过来了。她虽然矮了点儿也胖了点儿,一副乐呵呵的样子却让人感到十分可亲。

"斯坦因王爷呀,你又在接见朝臣啦?"

"老规矩,亲爱的,"他答应了一声,又接着说道,"格温你是见过的。还有这一位是奥利弗,乔的朋友。"

"见到你真高兴。我们的女儿好吗?"

"好着哪,"我还没来得及答复,斯坦因先生已经以牙还牙把话扔过去了。

"我问你啦,斯坦因?"斯坦因太太说。

"乔很好,"他们逗他们的趣,我还是说我的。"多谢送我们的票。"

"喜欢这个戏吗?"斯坦因太太问。

"那还用说。真是太棒了!"回答的是她的丈夫。

"谁又问你啦?"斯坦因太太说。

"我懂行,所以就代他回答了。没说的,梅里特唱得那可真是绝了。"

他随即又回过头来跟我攀谈:"珀塞尔这老爷子作曲可真有一手,是不是?你听那支终场曲——那些下行四音音列的半音变化,处理得真是出神入化!"

"他也许没有注意呢,斯坦因,"斯坦因太太说。

"怎么会没有注意呢。这个腔梅里特先后唱了有四次啦!"

"你别跟他计较,奥利弗,"斯坦因太太对我说。"他不谈音乐倒没什么,一谈起音乐来就像个疯子。"

"不谈音乐,还有什么可谈的?"斯坦因先生顶了她一句,跟着又说开了:"星期天请大家都来。地点就在我们家。时间是五点半。到时候我们那个演出才真叫痛快哪。"

"我们不能来了,"一直在旁边听着的格温这时才又加入了谈话。"那天正好是斯蒂芬他二老的结婚纪念日。"

"没什么,"斯坦因先生说。"那奥利弗呢……"

"说不定他自己还另有什么安排呢,"斯坦因太太来帮我解围了。

"你算什么人,要你代他发言?"斯坦因先生冲着他太太说,一副义愤填膺之状。随后又嘱咐我:"五点三十分左右要到哟。你平日弄什么乐器也一块儿带来。"

"我啥也不会弄,就会打冰球,"我答道,心想这一下准能气得他打退堂鼓。

"那就把冰球杆带来,"斯坦因先生说。"我们就派你管冰块①好了。星期天见啊,奥利弗。"

---

① 指可以加在饮料或酒里的小方冰块。

奥利弗的故事

我把格温送回到家里,斯蒂夫见面就问:"戏怎么样?"

"太好了!"格温是只恨想不出话儿来形容。"这么好的一台戏,你硬是错过了。"

"巴雷特又觉得如何呢?"他又忙不迭地问,其实我就在旁边站着呢。我新得了个发言人,那就是斯坦因先生,我真想请斯蒂夫去问他,可结果却只是挤出了一声咕哝:"的确不错。"

"那就好,"斯蒂夫说道。

可是我心里却仿佛体会到了当年狄多女王的那种况味,脑子里出现了一个念头:我这一下可真是上了钩了。

六

星期天到了。我心里自然是很不愿意去的。可是老天也偏不肯成人之美。我一没有什么紧急的案子发生什么紧急情况得加班赶办,二没有接到菲尔的电话。连流感都没得一个。既然找不到半点借口,就只好捧了一大束鲜花,不知不觉来到了河滨大道九十四号街口,站在了路易斯·斯坦因家的门外。

"啊哈!"男主人一见我捧上的鲜花,就拉开嗓门嚷了起来。"你这是何必呢。"然后又向斯坦因太太大叫一声:"是奥利弗来了——还给我送来了花呢!"

斯坦因太太急步走来,在我脸上亲了一下。

"快进来会会我们的地下乐团。"斯坦因先生给我下了命令,一条胳膊也同时搂住了我的肩膀。

屋里有十一二个乐师已经摆起了乐谱架,各就各位。一边拉呱一边调音。一边调音一边拉呱。气氛是活跃的,音量也放得很大。屋里没有什么了不得的家具,只有一架乌光锃亮的大钢琴。从一扇奇大的窗子里望出去,看得见赫德孙河和帕利塞德断崖[①]。

我跟大家都一一握手。他们多半都有点像成年型嬉皮士。要不就是年纪还小的,那看去也都像小嬉皮士。真是的,我今天干吗要打了领带来呢?

"乔呢?"我总得问一声,表示一下礼貌。

"她要到八点才下班,"斯坦因先生说,"你先来会会她的两个兄弟。马蒂是吹号的,戴维管号长笛样样来得。你瞧,他们就是不肯跟爹娘走一条道儿。只有乔,算是多少还摸过了琴弦。"

兄弟俩都是高高个子,却很腼腆。那戴维老弟更是怕生,挥了挥单簧管就算跟我打过招呼了。马蒂倒是跟我握了手,还说:"欢迎你来参加我们这动物音乐会。②"

"我对此道可是一窍不通啊,马蒂,"我只好不大自在地老实供认。"比方你跟我说'pizzicato'③这个字,我会当是一道奶酪小牛肉呢。"

"也差不离,也差不离,"斯坦因先生说。"客气话不用说了。到这儿来当听客的你又不是第一个。"

"真的?"我问。

"那还有假吗?我父亲已经去世了,他当初就是一个音符都不识的。"

这时斯坦因太太向我这边大声喊道:"奥利弗,请对他说,我们就等他啦。他要不肯来,就你来顶他的大提琴吧。"

"耐心点儿,亲爱的,"男主人说。"我总得招待招待,免得他不自在哟。"

---

① 帕利塞德是赫德孙河西岸的一列断崖绝壁,有十多英里长。
② 疑是借用什么动画影片的诙谐说法。
③ 此字是源自意大利文的音乐术语,意为"拨弦"(即在提琴上不用弓拉,而用指头拨奏)。

"我一点都没有不自在，"我也说得谦和有礼。他按我在一张已有点塌陷的椅子里坐下，自己就急忙回去参加乐队的演奏了。

他们演奏得真是神了。我坐在那里听得如醉如痴，用我预科学校时代一班哥们儿的说法，这真叫做"怪人出妙乐"。一会儿来一曲莫扎特的，一会儿来维瓦尔迪①的，一会儿又是吕里②的作品，恕我寡闻，还是第一次听说这位作曲家的大名。

吕里之后又来一曲蒙特威尔迪③的，然后就欣赏五香烟熏牛肉，这样好吃的牛肉我也是第一次尝到。就在这进食的间歇，那高大腼腆的老弟戴维私下跟我说起悄悄话来。

"你真是个冰球运动员？"

"那是过去的事了，"我说。

"那么我问你件事好吗？"

"请说吧。"

"林骑队今天打得怎么样？"

"咦呀，我忘了去看了，"我说。他听了显然很失望。可我这话怎么能跟他解释呢？当年迷煞了冰球的奥利弗，由于只知埋头钻研法律，连他以前天天顶礼膜拜的冰坛霸主波士顿熊

---

① 维瓦尔迪(1678—1741)：意大利作曲家，以小提琴协奏曲《四季》最为著名。
② 吕里(1632—1687)：法国作曲家、宫廷乐师。作品有歌剧《阿尔且斯特》、《黛赛》、芭蕾喜剧《贵人迷》(与莫里哀合作)。
③ 蒙特威尔迪(1567—1643)：意大利作曲家，写过歌剧《奥菲欧》、《尤利赛返乡》。

队今天跟林骑队一决雌雄的比赛,都忘了去看了!

这时候乔安娜来把我亲了一下。其实这看来只是她的例行公事。因为她把谁都亲到了。

"他们有没有吵得你发疯?"

"没有的事,"我说。"我听得可开心了。"

我蓦地心里一动,我觉得自己这话说得一点都不是客套。那天黄昏我心灵享受到的那种和谐的气氛,可不只是音乐给我的感染。我处处都能感受到这种气氛。他们说话时有这样的气氛。奏完了难奏的乐段后相互点头致意时也有这样的气氛。我自己过去的经历里只有一件事跟这勉强有一点相似,那就是当年我们这些哈佛冰球队将士大家相互打气,发愤要去"踏平"对方时的那种激动了。

不过他们这里大家把劲鼓得足足的,却是坐在一起演奏乐曲。我处处都能感受到有那么一股好浓好浓的……应该说是真情吧。

这样的一片天地,我真还从来没有到过。

只有跟詹尼在一起时,才有这样的感受。

"乔,去把你的小提琴拿来,"斯坦因先生说。

"你疯了?"女儿顶了他一句。"我的琴早就都荒啦……"

"你的心思都扑在医学上了,"做父亲的说。"应该分一半时间拉拉琴了。何况,今天巴赫的作品还没动过,我特地给你留着呢。"

"我不拉,"乔安娜回绝得很坚决。

"好啦好啦,奥利弗就等着听你的呢。"这一下说得她脸都红了。我赶紧打个信号过去,可是她并没有领会。

这时候斯坦因先生倒转过身来动员我了。"我跟我女儿说了没用,还是你来劝劝你的朋友吧,让她快把琴音调好准备上场。"我还没来得及作出反应,两颊早已红得像樱桃酒一样的乔安娜就松了口了。

"好吧,爸爸,就依你吧。不过我拉不好的。"

"拉得好,一定拉得好,"他连声应道。等女儿一走,他又转过身来,问我说:"勃兰登堡协奏曲你可喜欢?"

我的心一下子揪紧了。因为我对音乐虽然懂得不多,巴赫的这几首协奏曲还是我非常熟悉的。当初我向詹尼求婚,不就在她演奏完第五勃兰登堡协奏曲之后,我们在哈佛沿河散步的时候?这首乐曲,不就可以说是我们结合的前奏?如今又要听这首乐曲了,我一想起来就心如刀割。

"怎么样,喜欢吗?"斯坦因先生又问了。我这才理会到他一片好意征求我的意见,我还没有回他的话呢。

"喜欢,"我说,"勃兰登堡协奏曲我首首都喜欢。你们演奏哪一首呢?"

"来全套!我们何必要厚此薄彼呢?"

"我可只拉一首,"女儿装作赌气,在那边叫了起来。她早已在小提琴的一摊里坐好,当时正跟合用一个乐谱架的旁边一位老先生在那里说话。大家又纷纷调音了。不过因为刚才休息加"油"的时候还来了点酒,所以此刻调出来的音量就比原先大得多了。

斯坦因先生这一回决定要来当指挥。"伦尼·伯恩斯坦①又有哪点儿比我强啦？大不了就是头发拾掇得比我漂亮点罢了！"他敲了敲指挥台——一架电视机就算是指挥台了。

"大家听好了，"他突然咬音吐字全带上了德国味儿，"我要你们升半音起奏。听见啦？得升半音！"

整个乐队都摆好了架势，只等开始。他也举起了铅笔，就准备往下一挥。

我屏住了气，心想我可别憋死了才好啊。

随即却是猛然一阵大炮轰鸣。

这大炮可是轰在门上，其实也不是什么大炮，而是拳头。不但音量过大，而且——如果允许我提出批评的话——根本连节拍都一点不齐。

"开门哪！"一个人不像人、怪不像怪的嗓音大吼了一声。

"会不会是警察？"我一看乔早已冷不防跑到我身边来了，便赶忙问她。

"我们这一带警察是绝不光临的。"她说得都笑了起来。"因为那实在太不安全了。这不是警察，是楼上的'戈吉拉'②。他本名叫坦普尔，这人就是看不得人家过安生日子。"

"开开门！"

---

① 伦纳德·伯恩斯坦(1918—1990)，闻名世界的美国指挥家、作曲家、钢琴家。伦尼是伦纳德的昵称。
② 50年代以后，日本摄制了一系列以"戈吉拉"为主角的电影。影片中的"戈吉拉"是一个被氢弹试验惊醒过来的"史前巨怪"。电影曾在美国上映。

我前后左右一看。论人数我们足有二十来人，可是这班音乐家却个个面如土色。可见这个外号叫"戈吉拉"的家伙一定是很不好惹的。不过斯坦因老伯好歹还是把门打开了。

"我把你们这些死不了的王八蛋！哪个倒霉的星期天不是这样，总得要我来管教管教你们——听着，不许你们这样哇啦哇啦闹翻了天！"

他一边说一边就向斯坦因先生步步逼来。叫他"戈吉拉"的确再贴切不过了。他身躯庞大，遍体是毛。

"可坦普尔先生，"斯坦因先生答道，"我们星期天的活动总是准十点就结束了呀。"

那怪物鼻子里打了个哼哼："放屁！"

"是十点就结束了呀，可我看你就是闭眼不看事实！"斯坦因先生说。

坦普尔瞪出眼睛盯住了他。"你别惹火了我，老东西！我已经忍到了头，可要对你不客气啦！""戈吉拉"的声调里透出了一股敌意。我看得出这家伙不把自己的邻居斯坦因先生踩上一脚就活得不舒服。如今他的目的眼看就要实现了。

斯坦因的两个儿子分明也有些发憷，不过还是走了过来，好给他们的爸爸壮壮胆。

坦普尔依然只管他大叫大嚷。这时斯坦因太太也已经来到了丈夫的身边，所以本跟我在一起的乔安娜便也悄悄向门口走了过去。（打算去助战？还是去包扎伤口？）事情来得快极了。眼看已经到了一触即发的地步了。

"他奶奶的！你们这帮狗杂种难道就不知道扰乱人家的安

宁是犯法的吗?"

"对不起,坦普尔先生,我看侵犯他人权利的倒恰恰是你。"

这句话竟是我说出来的!我还没有意识到自己想要说这么句话,话早已出了口。更使我吃惊的是,我居然已经站起身来,一步步向这个不速之客走去。那家伙于是也就冲着我转过身来。

"你来干什么,白面小子?"那怪物问。

我看他个头要比我高出好几寸,论体格也少说要比我重四十磅。但愿这四十磅不都是长的肌肉。

我示意斯坦因一家子,这事由我来处理。可他们却还是留在原地没动。

"坦普尔先生,"我就接着说,"你有没有听说过刑法第四十条?这一条讲的是非法侵入罪。还有第十七条?——这一条条文上说对他人进行人身伤害的威胁也是触犯法律的。还有第……"

"你是干什么的——是个警察?"他咕咕哝哝说。显然他是跟警察打过些交道的。

"我只是小小的律师一个,"我答道,"不过我可以送你到班房里去好好养两天。"

"你是吓唬人,"坦普尔说。

"不是吓唬你。不过咱们这档子事你要是想快一点解决的话,也另有一个办法。"

"什么办法,你这个妖精?"

他特意把那隐隐隆起的肌肉使劲抖了两下。我暗暗感到背后那帮音乐大师都为我捏着把汗。其实我自己心里也有那么点儿。不过我还是不动声色地脱下了外套,把嗓门压得低了八度,做出一副彬彬有礼的样子,说道:

"坦普尔先生,如果你真要不肯自便,那我也没法子,我只能悠着点儿——读书人对读书人总得悠着点儿——来把你的橡皮泥脑袋揍个大开花了。"

那个吵上门来的家伙仓皇溜走以后,斯坦因先生开了一瓶香槟庆贺("这可是加利福尼亚来的直销真品哪")。酒后大家一致提出要在熟悉的曲子中选响度最大的一支来演奏,结果就演奏了柴可夫斯基的《1812序曲》,演奏得可真是劲头十足。连我还来了一份呢:我管打炮(用的乐器是一只空垃圾筒)。

几小时后演奏就结束了。时间也过得太快了。

"下次再来啊,"斯坦因太太说。

"他肯定会来的,"斯坦因先生说。

"你凭什么说得那么肯定?"她问。

"他喜欢我们哪,"路易斯·斯坦因答道。

情况也就是这些了。

不用说得,送乔安娜回家自然是我的任务。尽管时间已经很晚,她却还是一定要我陪她坐五路公共汽车回去。这五路公共汽车是一直顺着河滨大道去的,到最后才蜿蜒折进五号街到终点。她今天值过班了,所以显得有点累。不过看她的情绪还是挺高的。

奥利弗的故事 | 043

"哎呀,你刚才真是了不起,奥利弗,"她说着,就伸过手来按在我的手上。

我暗暗自问:这手让她按着是个什么感觉呢?

我却就是说不上有些什么感觉。

乔安娜还是兴奋不已。

"今后坦普尔就肯定不敢再露面了!"她说。

"哎,我跟你说了吧,乔——对付蛮横的家伙,跟他来硬的其实也没啥了不起,就是像我这么个脑袋瓜子不大好使的,也照样办得到。"

说着我用双手做了个手势,所以这手就从她的手里抽了出来。(是不是觉得松了一口气呢?)

"不过……"

她的话没有说下去。我这样一而再、再而三的,总说自己不过是个没什么头脑的运动员,她也许听得心里有些嘀咕了吧。其实我并没别的意思,我只是想让她知道我这个人实在是不值得她白费时间的。说真的,是她太好了。人也算得上挺漂亮。反正只要是个正常的男儿汉,感情并不反常,对她的印象总是差不到哪里去的。

她住在医院附近一幢大楼的四楼。大楼是没有电梯的,我把她一直送到她的房门口,这时我才觉得她怎么长得这样矮呢。因为她说起话来老是得仰起了脸,把眼睛直瞅着我。

我还觉得自己呼吸都有些急促。那决不会是爬楼梯的缘故(记得吗,我有跑步锻炼的习惯)。我甚至还渐渐觉得,自己跟这位又聪明又温柔的女医生说话时,怎么竟会隐隐然有那么一丝恐慌之感。

也许她以为我对她的好感可不只是一种"柏拉图式的爱"①呢。也许她还以为……真要是这样,那可怎么好呢?

"奥利弗,"乔安娜说了,"我本想请你进去坐坐的。可我一大早六点就得赶去上班。"

"那我下次再来吧,"我说。我顿时感到肺里缺氧的现象一下子就改善了。

"那敢情好,奥利弗。"

她亲了亲我。面颊上那么轻轻一吻。(她们一家子都是喜欢来跟人亲亲的。)

"再见了,"她说。

"我回头再给你打电话,"我回了一句。

"今天晚上过得真是愉快。"

"我也有同感。"

然而我心里却是说不出的不痛快。

就在那天晚上回家的路上,我得出了结论:我得去找一位精神病医生看一看了。

---

① 意思是超乎性爱的爱。

七

"咱们先把俄狄浦斯王啊这一套①撇开不谈。"

见了医生,我精心准备的那一番自述就是这样开头的。要找一位可靠的精神病医生,有一套手续是少不了的,说来其实也很简单。那就是首先得打电话找你做医生的朋友,说自己有个朋友需要找位精神病专家看看。于是你的医生朋友就介绍一位专家医生,让病家去看。最后,你在电话机旁打了一两百个转,犹豫再三,才终于拨通了电话,约定了去诊所初诊的时间。

"不瞒你说,"我就一路往下说,"这种课程我也学过,咱们这话一谈起来,用那套行话术语该是怎么个说法我都清楚。跟詹尼结婚的时候我对待父亲的那种态度该标上个什么名称我也了解。总之,按照弗洛伊德那套理论的分析,并不是我今天来向你请教的目的。"

这位埃德温·伦敦医生尽管据介绍人说是个"极风雅"的人士,却是不大喜欢多说话的。

"那你来干什么呢?"他毫无表情地问。

他这话倒叫我吃了一惊。我的开场白已经顺利说完,可是还没有容得我歇一口气,"反诘问"就已经开始。

说真的,我到底想来干什么呢?我到底想要听他说些什么呢？我咽了口唾沫，回答的声音轻得几乎连我自己也听不见。

"我弄不懂自己怎么会变得没有感觉了。"

他没有作声，等着我说下去。

"自从詹尼死了以后，我简直成了个无知无觉的人了。当然，有时肚子也会觉得饿。那只消快餐一客就能对付。可是除开了这一条……这十八个月来……我可以说完全成了个无知无觉的人。"

他就听着我说，由着我苦苦地把心里的想法统统挖出来。种种念头乱腾腾一齐往外涌，带来无尽的伤痛。我感到难受极了。不，应该说我什么感觉也没有。那只有更难受。自从没有了詹尼，我就像把魂给掉了。幸亏有菲利普。不，其实菲利普也帮不了我多大的忙。尽管他也确实尽了力。我就是什么感觉也没有。差不多有整整两年了。我跟正常人相处就是激不起一点感情的反应。

话说完了。我身上直冒汗。

"感到有性的要求吗？"医生问。

"没有，"我说。为了讲得再明确些，我又补了一句："一丝一毫也没有。"

对方没有马上接口。是医生感到吃惊了？从他的脸上我可

---

① "俄狄浦斯王啊这一套"指精神分析学家弗洛伊德所说的俄狄浦斯情结。俄狄浦斯是希腊神话中底比斯国王拉伊俄斯与王后伊俄卡斯达之子。长大后，无意中杀死了亲父。后因除去怪物斯芬克斯，被底比斯人拥为新王。在两不相知的情况下，又婚娶其母。发觉后，其母自缢，俄狄浦斯自刺双目，流浪而死。俄狄浦斯情结即指儿子亲母仇父的变态心理，这里显然是指仇父这一点而言。

看不出一点表情。我想反正这是彼此都一目了然的事，所以就又说道：

"不用说我也知道，这是心里负疚的缘故。"

这时埃德温·伦敦医生开口说了他那天讲得最长的一句话。

"你是不是觉得你对詹尼的死……负有什么责任呢？"

我是不是觉得我对詹尼的死……负有什么责任？我立刻想起詹尼去世的那天我曾情不自禁起过一死了之的念头。不过那只是一闪念。我懂得妻子得白血病，那不是丈夫造成的。可是……

"可能有一点吧。我好像一度有过这样的想头。不过我主要还是生我自己的气。有很多事情我就是没有能趁她在世的时候替她办到。"

沉默了一会儿，伦敦医生才说道："举个例子看呢？"

我又谈起了我跟家庭的决裂。说因为詹尼的出身地位跟我稍有差异（其实差异可大着呢！），我就借跟她结婚一事，来向世人宣告我脱离家庭而独立了。看吧，腰缠万贯的老爸，你看我靠自己的力量取得成功！

只有一件事我失败了。我弄得詹尼很不痛快。不只是在感情上。当然在感情问题上我就已经弄得她够苦恼了，因为她敬爱父母的那种感情之深那真是没说的。可是更使她苦恼的，是我坚决不肯再拿父母一个子儿。在我这是大可引以自豪的事。可是，唉！詹尼是从小生长在穷苦人家的，要是到头来还是落得一点银行存款都没有，对她来说这种日子跟以前又有什么不同可言?又有什么优越可言?

"就为了迁就我这口傲气,她不得不做出了那么多的牺牲。"

"依你看她也认为这是她作出了牺牲?"医生问道。大概他根据直觉认定詹尼始终没有出过一句怨言。

"大夫,今天再去揣测她当时是怎么个想法,已经没有意思了。"

他对我看看。

就在这一刹那间,我真怕自己要……要哭出来了。

"詹尼已经死了,可我直到今天才明白自己的行为是多么自私。"

歇了半晌。

"怎么呢?"

"那是我们快要毕业的时候。詹尼申请到了那么一笔奖学金,本来可以到法国去继续深造。可是到我们决定结婚的时候,她却二话没说。两个人就是一个心眼儿:结了婚就留在坎布里奇,让我进法学院读研究生。你知道这是什么缘故?"

又是一阵沉默。伦敦医生没有开口。所以我就又继续叨叨下去。

"我们觉得不这样办就行不通,你知道这是什么缘故?就是为了我这口要命的傲气!就是为了要表明我的事业生涯比她的重要!"

"可能有些情况你并不了解,"伦敦医生说。他是想减轻我的内疚,不过这种手法不见得高明。

奥利弗的故事 | 049

"反正我了解她以前从来也没有去过欧洲!我才了解呢!我难道就不能先陪她到法国去,宁可迟一年再来当我的律师?"

大概他以为我是看了些妇女解放运动的宣传资料,事后想起才感到不胜负疚的。他完全想错了。我所以这样痛心,倒不是因为我阻碍了詹尼的"进一步深造",而是因为我没有能让她赏赏巴黎的风光,一睹伦敦的胜迹,领略领略意大利的情调。

"你明白啦?"我问他。

又出现了冷场。

"你就打算在这个问题上听听我的意见?"他问。

"我来就是为了这个目的。"

"明天五点再谈怎么样?"

我点了点头。他也把头点点。我于是就走了。

为了冷静冷静自己的头脑,我就顺着公园大道一路走去。一方面也好准备准备,迎接这底下的一步。明天就要开始动手术了。在心灵上开刀,我知道那不能不疼。对此我是有思想准备的。

就是不知道到底收效如何。

八

一连去谈了个把星期,这才接触到了俄狄浦斯那一套。

哈佛园里的宏伟大楼巴雷特堂,是谁家造的?

"是我们家祖上出资造的,为的是要买个好名声。"

"为什么呢?"伦敦医生问道。

"因为我们家赚的钱不干不净。因为当年我们家的祖上率先办起了血汗工厂。别看我们家好像很热心慈善事业,那只是近年来才学会的消遣。"

说来奇怪,这段历史我倒不是在写巴雷特家族史的什么书上看来的,而是在……在哈佛听说的。

那是我念本科四年级的那年,我因为学分不够,得想法捞几个容易到手的学分来充充数。所以除了其他许多课程以外,我还选了一门"社科108",即"美国工业发展史"。讲课老师是一位所谓激进派的经济学家,名叫唐纳德·沃格尔。这位先生由于讲课中脏话连篇,在哈佛校上早已声名久著。而且他教的课还有一点非常出名,那就是:这几个学分压根儿就是奉送的。

("我就不相信考试,考试是混账,不折不扣的混账,简直混账透了!"沃格尔这句名言一出口,学生中总是欢声雷动。)

说课堂里座无虚席还是没有道出那种盛况。应该说是人满为患,那些不用功的运动员,那些用功过了头的医预科学生,全来听课了,大家图的都是一样: 听这门课可以用不到做作业。

尽管沃格尔先生讲课的用语很"够刺激",通常我们却大多就趁机去黑甜乡里小游一番,再不就拿一份《猩红报》来看看。也算我倒霉,偏偏有一天我倒拿耳朵去听了。他那天讲的题目是美国早期的纺织业,当催眠曲来听正合适。

"真是混账!说到纺织业,倒还有不少哈佛出身的'赫赫有名'的混账家伙在其中扮演了十分可耻的角色。比方说阿莫斯·布鲁斯特·巴雷特,他就是哈佛1794届的毕业生……"

好家伙——这不是说的我们家吗!是沃格尔明知道我坐在课堂上听课呢?还是他每年都要对他的学生这样讲上一遍?

我在座位上拚命把身子往下缩,他却还是滔滔不绝往下讲。

"1814年,阿莫斯和几个也是哈佛出身的老朋友结成一伙,把工业革命带到了马萨诸塞州的福耳河城。他们兴建了第一批大纺织厂。连厂里的工人也全部蒙他们'照看'了起来。这就是所谓'家长式管理'。他们打着维护道德的幌子,把边远农家招来的女工都集中在宿舍里住。吃的住的,公司当然都要扣钱,微薄的工资有一半就这样给扣了去。

"这班小姑娘一星期要干活八十个小时。巴雷特他们自然还不会忘记教她们过日子要俭省。'省下钱来存到银行里去嘛,姑娘们。'可你们知道银行又是谁开的呢?"

我真巴不得变成一只蚊子,好悄悄逃出去。

唐·沃格尔把巴雷特家族企业集团的发迹史一段一段讲下去，形容的字眼好比一串串连珠炮，火力比平日还猛几倍。他一路往下讲，足足讲了大半个钟点，那可真是如坐针毡的半个多钟点呵。

十九世纪初叶，福耳河城的工人倒有一半是童工。小到连五岁的都有。童工每星期只能净到手两块钱，成人女工是三块，男的七块半，算是顶了天了。

可是还不全给他们现钱，全给现钱岂不吃亏了？工钱里有一部分是用代价券支付的。代价券只限于巴雷特家开的店铺里通用，这也是不用说得的。

沃格尔举了一些例子，说明当时的工作条件有多恶劣。比方说，织布车间里空气湿度大，织出来的布就质量高。因此老板往往就向车间里喷上点水蒸气。即便是在夏天最热的时候，为了使经纱纬纱都保持湿润，车间里一律窗户紧闭。所以工人对巴雷特他们哪里会有好感呢。

"还有这样一个岂有此理到极点的事实，要请大家注意，"唐·沃格尔讲得简直要七窍生烟了。"恶劣的还不只是工人工作条件这样糟、生活环境这样坏——也不只是出了那么多的工伤事故得不到一丝一毫的赔偿——最要命的是工人那点极不像话的工资倒还在降低！巴雷特利润直线上升，可是给工人的那点可怜巴巴的工资却反倒减之又减！因为移民的浪潮不断涌来，新来的移民工资再低也要争着来干。

"真是岂有此理！岂有此理！岂有此理透了！"

就在那个学期,后来有一天我上拉德克利夫的图书馆去用功。在那里我碰上了一位姑娘。是64届的詹尼·卡维累里。她的父亲是克兰斯顿的一位糕点大师傅。她已故的母亲特里萨·弗娜·卡维累里,本是一户西西里人家的姑娘,这家西西里移民当年来到美国,就落户在……马萨诸塞州的福耳河城。

"你这该理解了吧?所以我就恨透了自己的家庭。"

默然半晌。

"明天五点再谈吧,"伦敦医生说出来的却是这么句话。

九

我就去跑步了。

我每次从诊所里出来,总觉得心里的火气反而要比就诊前大得多,脑子里也反而要乱得多。为了治一治这种治疗带来的不快,我也没有别的好办法,只能到中央公园里去拚命跑步。自从我跟辛普森偶然重逢以后,我几句话一说,居然说动了他也来跟我一块儿锻炼了。只要他不是医务缠身,能抽得出空来,他一定会来跟我一起绕着公园里的人工湖跑步。

还好,他倒从来不问我跟乔安娜·斯坦因小姐的事有没有进一步的发展。莫非她告诉过他了?莫非她也诊断出我这个人有毛病?反正辛普森跟我交谈从来不提这个话题,这事他不提我倒反而注意。老实说,我倒是觉得,斯蒂夫见我又跟人家说说话儿了,心里大概也就很满意了。我是从来不跟朋友说鬼话的,所以我就老实告诉他我找了位精神病医生替我治疗。当然详细情况我也不说了,他也没问。

今天下午,我因为跟医生谈得心潮难平,所以不知不觉的就跑得太快了点,害得斯蒂夫跟不上了。只跑了一圈,他就不得不停下了。

"嗨,老兄,这一圈你就一个人跑吧,"他气喘吁吁地说。"到第三圈我再跟上来。"

其实我也相当累了,自己也得缓缓这口气,因此就放慢了脚步。虽说跑得不快,有些跑步的人还是被我甩在了后边。这薄暮时分跑步的人也真多,队伍里五颜六色,胖的胖瘦的瘦,快的快慢的慢。一些参加体育会的,自然都一阵风似的,从我身旁一冲而过。那班年纪轻轻的中学生,超过我也不在话下。但是就凭我这样不紧不慢地跑,我还是有些"超车"的滋味可以尝尝:老爷子、胖太太不用说了,十二岁以下的娃子多半也不是我的对手。

后来我渐渐感到体力不支了,眼前也有点模糊了。汗水流到了眼里,我也看不清被我甩下的都是些什么人了,只迷迷糊糊感觉到有那么一团团的人影,大大小小,五光十色。所以要我说出在我前前后后跑动的到底是谁,我是根本说不上来的。不过到后来却发生了这样一件事。

我依稀看见在我前方八十来码以外有一个身影,身上的运动衫裤是蓝盈盈的阿迪达斯牌(也就是说很贵的名牌),步子也跑得不算慢。我心想我就这样写写意意往前跑,估计渐渐就可以甩下这个……该是姑娘吧?要不就是个细挑身材的小伙子,可也偏留着一头长长的金发。

估计落了空,我就加快脚步,向着这个蓝盈盈的阿迪达斯赶去。用了二十秒钟,才算拉近了距离。果然是个姑娘。要不就是个屁股奇大的后生——瞧我这胡思乱想的,这不又多了个题目,得去跟伦敦医生研究了?还好不是的,我再跑近点儿,就看清了那是一位身材苗条的女郎,披肩的金发还在随风飘拂。好嘞,巴雷特,拿出鲍勃·海斯①的架势来,神气点儿超过去。我调整了步伐,加快了速度,就气派十足地飞一般一冲而过。好,再去超前边的。我认出来了,前边一位身材魁梧的,就是平日远不是我对手的那位歌剧演员。男中音先生啊,这一下该轮到你来让我奥利弗给甩下去啦。

这时候突然一道蓝光一闪,一个人影从我身旁赶了过去。我原以为那一定是米尔罗斯体育会的一个短跑运动员。可是一看不对。这蓝蓝的身影还是那位穿一身尼龙运动服的女将,我还当她已经被我甩出二十码开外了。可是你看她一下子又超了过去。也许是新冒出了一位赛跑的健将,只怪我看报不仔细吧。我就又调整了步子,想再追上去看看。要追上去又谈何容易。我累了,她却还跑得劲头挺足呢。好容易我才算是赶上了。她的相貌比后影还好看。

"嗨——你大概得过什么赛跑的冠军吧?"我问。

"你问这个干吗?"看她倒也并没有喘得很厉害。

"你像飞一样就从我身边超了过去……"

"你跑得又不快,"她接口说。

咦,她这莫非是存心要羞辱我?她到底是个什么人?

"嗨,你这是存心要羞辱我?"

"难道你的个性就这样脆弱?"她反问。

尽管我的自信心很经得起摔打,我可还是冒了火。

---

① 全名罗伯特·李·海斯(1942—2002);美国短跑名将。1964年东京奥运会百米冠军。

"你真是目中无人,"我回了她一句。

"你这是不是存心要羞辱我呢?"

"你说对了。"我可不像她,我是直言不讳的。

"你就情愿单个儿跑?"她问。

"对,"我说。

"那好。"说完她就嗖的一下,突然跑了。她生了气了——那显然只是个诡计——可这哪儿吓得倒我呢!为了加快脚下的速度,这一回我把全身的力气都使上了。不过我好歹还是赶上了她。

"喂!"

"我还以为你喜欢一个人清静呢,"她说。

气喘吁吁,说话也只能尽量简短。

"你是哪个队的?"

"哪个队也不是,"她说。"我练跑步是为了打好网球。"

"啊,一位十足的大球星①。"这"球星"二字我故意用的是男性色彩的字眼,对她这位女性有些不敬。

"对,"她一面孔正经地说。"那你呢,你难道是个十足的促狭鬼?"

这话叫我如何招架?更何况我脚下还得跟着她的步子,拚

---

① "球星"原文为 jock,本来是只称男运动员的,因为此词系由男运动员的"下体护身"(jockstrap)而来。对方答话中的"促狭鬼",原文为 prick,同样也是个不饶人的字眼,因为此词的原意同男性的生殖器官有关。

着命儿跑?

"对,对,"我只好就这样敷衍了过去。回想起来,我当时恐怕也只有这样应付最为明智。"那你的网球打得如何呢?"

"反正你也不见得会愿意跟我比试。"

"我倒偏想跟你比试比试。"

"真的?"谢天谢地,她说到这里步子也慢了下来,终于常步走了。

"明天可行?"

"行,"我还在直喘气。

"六点钟怎么样?地点在九十四号街一号大道口的戈森网球会。"

"我要六点才下班,"我说。"七点怎么样?"

"哪儿呀,我说的是早上六点,"她答道。

"早上六点?有谁在大清早六点钟打球的?"我说。

"我们就这么早打球——你要是想打退堂鼓,那也就算了,"她回答说。

"得了,我会打退堂鼓?"我终于喘过了气来,头脑也差不多同时到了位,重又灵巧起来了。"我平日四点钟就起床,去喂奶牛了。"

她听罢一笑。一笑就皓齿尽露。

"那好。球场已经预订好,名字写的是玛西·纳什——可以顺便告诉你,那就是我。"

说完她就向我伸出手来。当然是跟我握手,不是给我亲一下的。跟我事前料想的不同,她握手的手劲并不强劲有力,根本不像个运动员的样。普普通通的,倒甚至还嫌娇嫩着点。

"可不可以请教你的名字?"她说。

我有意跟她开个小小的玩笑。

"我叫冈萨雷斯,小姐。潘乔·B·冈萨雷斯。"

"噢,"她说,"我就知道不会是'快手'冈萨雷斯。"

"这哪儿能呢,"我说,心里倒有些意外:这个传奇人物"快手"冈萨雷斯是好些下流笑话里的主角,流行在好些体育场馆乌烟瘴气的运动员更衣室里,怎么她倒也居然听说了?

"那好,潘乔,早上六点。可别忘了把你的尊臀也一起带来。"

"这是怎么说?"我倒不解了。

"那还有什么不明白的?"她说。"带来了好挨我的揍呀。"

这我有办法还击。

"对,对。你也总该不会忘记把'球'带上吧[①]?"

"那还会有错,"她说。"纽约的女性少了这话儿还算得上什么女性?"

说完她就冲刺一般飞奔而去,这样的速度连杰西·欧文斯[②]见了都会眼红的。

[①] 句中的"球",原文作 balls, balls 一字除了作"球"讲以外,还有很多其他的含意,例如可以解作"胆量",然从词义的演变看,已语涉粗俗。此处奥利弗显然是一语双关。
[②] 杰西·欧文斯(1913—1980),美国的优秀黑人短跑运动员,曾在1936年奥运会上一人独得四块金牌。

十

早上五点钟在纽约正是个黑暗的时刻,不只天地之间一片乌黑,便是那花花世界也正当昏天黑地之时。远远望去,大街那头的网球会二楼亮着灯光,有如娃娃床前的一盏通夜小灯,守着这个沉睡的都市。我走进大门,在登记簿上签了名,问明了更衣室的所在,就先去更衣。我呵欠连连地换好了衣服,就信步向球场那边走去。那么多网球场无不灯火通明,照得我简直睁不开眼来。个个场子都已摆开了战场。这些劲头十足的戈森网球会会员马上就要投入一天的搏斗了,看来他们都得先在网球场上搏斗上一番,热热身,才能去对付球场之外的竞争。

我估计玛西·纳什小姐一定会穿她最漂亮的网球衫,所以我自己就故意尽量穿得寒伧。按照报纸"时装版"上的用语,我身上的衣服大概可以算是"白中带灰"一类的颜色吧。其实那是我在自洗店里自洗的时候,因为忘了跟有颜色的衣服分开,才弄成这副糟样的。而且我又特意挑了我那件"斯坦·科瓦尔斯基"衫[①]。不过说实在的,我这一件比马龙·白兰度最邋遢的衣服还要邋遢上三分。今天在衣着上我是很留了点心眼的。说穿了,就是有意要弄得邋里邋遢的。

我料得没错,她带来的用球是"霓虹球"。职业网球运动员都爱用这种嫩黄色有荧光的网球。

"你早,亲爱的太阳公公。"

原来她早已来了,正对着球网在练发球呢。

"嗨,你不瞧瞧,外边都还黑得伸手不见五指哩,"我说。

"就是,所以我们才都在里边打呀,桑乔②。"

我马上纠正她:"我叫潘乔,纳西·玛什小姐……"

在名字上耍调皮,我也会的。

她还是只管她大力发球,嘴里念念有词:"要打断我的骨头容易,要破我的发球甭想。"昨天跑步时随风飘拂的一头秀发,此刻却在脑后束成了一条"马尾巴"。(看到这样的发型我总忍不住要想起马尾巴。)她两个手腕上都扎上了吸汗带,可见十足地道是个自命不凡的网球运动员。

"你爱叫我什么名儿就随你叫吧,亲爱的潘乔。我们是不是就比起来了?"

"输赢呢?"我问道。

"你说什么?"玛西没听懂。

"我们赌什么?"我说。"赌什么做输赢呢?"

"怎么,你觉得比个高低还不够味儿?"玛西·纳什正儿八经地问,一副老老实实的神气。

---

① 美国电影《欲望号街车》(1951)里的男主人公名叫斯坦·科瓦尔斯基,在影片中总是穿一件邋里邋遢的圆领衫。马龙·白兰度即为扮演这一角色的演员。
② "桑乔"同"潘乔"只是一个字母之差,不过看过《堂吉诃德》的人都知道桑乔是堂吉诃德的侍从。奥利弗也故弄狡狯,把对方的名和姓开头的字母对换了一下,玛西·纳什变成了纳西·玛什。"玛什"(Mash)这个词在英语中是一团乌糟的意思。

"大清早六点钟干什么都不够味儿,"我说。"总得来点儿什么刺激刺激,要摸得着看得见的。"

"半只洋,"她说。

"半只羊? 你这是在骂我吧?"我说。

"哎呀,你真会说笑话。什么羊啊牛的,我是说就赌五毛钱。"

"嗯——嗯。"我直摇头,表示要赌就得赌大的。她既然能在戈森网球会打球,就断不至于囊中空空。除非她入会是别有所图。那就是: 不惜花几个钱儿钻进网球会去,舍得小小的面包,图的是不久就可以捧回结婚大蛋糕。

"你很有钱吧?"她问了我一句。

"怎么,这也有关系?"我在这个问题上一直是颇有戒心的,因为命运的安排总是硬要把我跟巴雷特家的钱袋联系在一起。

"我不过是想知道你输得起多少钱,"她说。

她问得好刁呵。我倒也正想摸摸清楚她有多少钱可输哩。因此我就想出了一个主意,使双方都可保住面子,彼此都还照样能笑得很得意。

"你看这样好不好,"我说,"我们就谁输谁请客,上馆子里吃一顿。上哪家馆子就由赢家挑。"

"那我挑'二十一点'①,"她说。

"你也太性急点儿了吧,"我说。"不过我要挑起来也一

---

① 纽约的一家高级餐馆。

定会挑'二十一点'的,所以我还是把话说在前头:我可要比大象还能吃哪。"

"那还有错,"她说。"你跑起来就像一头大象嘛。"

这种心理战可不能再打下去了。得了得了,还是快打球吧!

我故意跟她寻了个开心。我的打算是要后发制人羞羞她,所以先装得不堪一击。几个很容易回的球我都故意没接好。反应也装得很迟钝。网前球也不敢冲上去扣。这一下玛西便上了钩,把全身力气都使了出来。

说实在的,她的球的确打得不坏。脚步移动灵活,扣球的落点一般也很准确。发球力大势沉,而且还带点儿转。没错,看得出来她练球很勤,球技有相当水平。

"嗨,你的球打得还真不坏呀。"

不过这话却是玛西·纳什向我说的,当时我们虽已打了好大半天,却依然难分胜负。那是因为我手里有数,总是尽量使双方的比分能大致保持个平手。为了骗过她,我的杀手锏还藏得一点形迹都不露。而且不瞒你说,我还特意让她破了我几次"傻瓜式"的发球呢。

"再稍打一会儿我们恐怕就得停手了,"她说。"我得赶在八点半之前去上班。"

"哎唷,"我惊叫一声(马上就要杀她个回马枪了,我这个掩护打得可高明?),"那我们就再打最后一局好不好?再打一局玩玩,怎么样?这一盘就算是决胜局吧,谁赢谁就可以放开肚子吃一顿。"

"好吧，就再来一局，"玛西·纳什让了步，不过看她的神气似乎总有些不大放心，就怕上班要迟到。啊，对了！迟到了老板要生气的，她的提级就会落空。是啊，要想事业有成，性格不坚强哪儿行呢。

"那就一局为限，要速战速决，"她口气里显得老大不情愿的。

"纳什小姐，"我说，"我包你这一局是你一生中打得最快的一局。"

这一局果然打得奇快。我让她发球。可是如今我不但上网扣杀，而且简直是来一个扣一个。嘭的一个重扣：多谢你啦，小姐！玛西·纳什被我的连珠炮轰得压根儿傻了眼。她自始至终一分未得。

"啐！"她说。"你真会装蒜！"

"怎么能说我装蒜呢，我不过是利用那工夫先热了一下身，"我回答说。"哎呀，你这该不会上班迟到吧。"

"不要紧——没有问题，"她给我打得有点晕头转向，说话都结巴了。"那就准八点在'二十一点'饭店见好不好？"

我点点头表示就这么办。她于是又问："我去定位子，是不是就用'冈萨雷斯'的名字？"

"不，这名字我就打网球时用。平时大家都叫我巴雷特。'冒牌公子'奥利弗·巴雷特。"

"噢，是吗，"她说。"我倒觉得冈萨雷斯这名字好。"说完就飞一般直奔女更衣室而去。说也奇怪，我不知怎么居然笑了起来。

"你什么事情这样好笑?"

"对不起,你说什么?"

"我看见你在笑,"伦敦医生说。

"那就说来话长了,怕你会听得不耐烦呢。"我虽然一再对他这样声明在先,不过到底还是向他都和盘托出了:郁郁寡欢的巴雷特看来就是经过了如此这般的一段插曲,把愁眉苦脸都丢掉了。

"关键不在那个姑娘身上,"我最后归纳成这么两句话告诉他,"关键在我就是这么个脾性。我就是喜欢把盛气凌人的女性奚落个半死。"

"没有别的了?"医生问道。

"没有了,"我回答说。"她的反手球差得还远呢。"

十一

她那一身打扮绝顶高贵。

高贵,却又绝无一丝浮华。正相反,她周身焕发出的那一派动人的风采,在女性是一种至高无上的境界——可说极素淡之至。新做的头发看去似在随风飘拂,却又纹丝不乱。有如爱追求时髦的摄影师用高速镜头拍下的照片。

这可弄得我有些尴尬了。看玛西·纳什小姐这样齐齐整整一丝不苟,仪态无比优雅,一派安闲自在,我觉得自己就仿佛是放了好几天的一堆老菠菜,给乱糟糟塞在个塑料袋里一样。看来她准是个模特儿无疑。至少也是跟时装行业有些关系的。

我来到了她的桌子边。那是在一个清静的角落里。

"你好,"她招呼了我。

"我该没有叫你久等吧。"

"说实在的,你倒还是早到了,"她答道。

"这言下之意就是你到得还要早,"我说。

"我看这是个合乎逻辑的结论,巴雷特先生。"她粲然一笑。"你是自己坐下呢,还是要等我说一声请?"

我就坐了下来。

"你这是喝的什么?"我指指她杯子里橘黄色的饮料,问道。

"橘子汁,"她说。

"还加些什么呢?"

"就加冰块呗。"

"没有别的了?"

她点点头表示是这样。我正想问她为什么饮食这样节制,可还没有来得及开口呢,一个侍者已经出现在跟前,看他招呼我们的那副眉眼腔调,竟像我们是天天光顾这里的老吃客似的。

"哎哟二位,今天晚上可好啊?"

"好。有什么时鲜的好菜吗?"我受不了这种装出来的"花功",就赶紧问他。

"我们的扇贝最好不过了……"

"那可是我们波士顿的看家菜。"我一下子忽然在吃喝上成了个地方主义者。

"我们的扇贝可是长岛的特产,"他回答说。

"好吧,倒要看看你们的扇贝口味行不行。"我就转过去问玛西:"要不要试试这种本地出产的冒牌货?"

玛西笑笑表示同意。

"那先来点什么呢?"侍者望着她问。

"莴苣心浇柠檬汁。"

这一下我可以肯定她是个模特儿无疑了。要不又何必要这样节食,苦了自己呢?我却要了意式白脱奶油面("白脱要加得愈多愈好")。我们那位热情的招待于是就鞠躬退下。

这就剩我们两个人了。

"好,我们又见面啦,"我说。(说句老实话,这开场白我已经排练了整整一个下午了。)

她还没有来得及应一声"是啊,又见面了",却又冷不防跑出一个侍者来。

"请问喝什么酒,先生?"

我征求玛西的意见。

"你就自己点点儿什么自己喝吧,"她说。

"你连葡萄酒也不喝一点?"

"酒我是涓滴不沾的,"她说,"不过我倒可以向你推荐,有一种默尔索干白葡萄酒①是很不错的。你赢了球不喝点美酒就未免有些遗憾了。"

"就来默尔索吧,"我对掌酒的侍者说。

"可能的话,要一瓶66年的,"倒是玛西显得很在行。侍者走了,于是又只剩下我们两个人了。

"你怎么一点酒也不喝?"我问。

"不是因为有什么道理。我就是想保持清醒的头脑,可不能有一丁一点的糊涂。"

这话可到底该怎么领会呢?在她的心目中到底是哪些不能有一丁一点的糊涂呢?

"这么说你是个波士顿人啦?"玛西说(我们的谈话可也不是漫无边际的)。

"是的,"我说。"你呢?"

"我可不是波士顿人,"她答道。

---

① 默尔索干白葡萄酒产在法国的勃艮第。默尔索是勃艮第下属的一个教区名。

这话是不是在暗暗奚落我呢?

"你是搞时装业的吧?"我问。

"那也干一点。你呢?"

"我这一行经手的是人家的自由,"我回答说。

"是剥夺人家的自由,还是给人家以自由?"她脸上的微微一笑,倒叫我说不准她这话里是不是有一丝挖苦的意思。

"不能让政府有枉法的行为,这就是我的工作,"我说。

"那可不容易呢,"玛西说。

"是啊,所以干到现在还没有多少成效。"

掌酒的侍者来必恭必敬地替我斟上了酒。于是我就自己喝了起来,佳酿源源不断流入了心田,话也分外多了起来。话题就是进步的律师眼底下都在忙什么样的大事。

老实不瞒你说,跟……跟年轻姑娘在一起,我已经连话都不大会说了。

因为,那种所谓"约会",我已经有多少年没干了。我自己也意识到,我一谈自己的事,人家就觉得没味。(过后姑娘八成儿就会在"小姐妹"面前说我:"那个自大狂!")

因此当时我们谈论的话题——确切些说应该是我一个人讲话的话题——就是沃伦①的最高法院在个人公民权问题上作出

---

① 沃伦(1891—1974):美国最高法院第十四任首席法官,1953—1969年在任。民权捍卫者。他在任内最重要的两项裁决是:一、刑案被告请不起律师时可由公家指定律师,费用由公家开支;二、刑案嫌疑犯在受警方审讯之前,应先告以按照宪法他有权先请律师后受审讯。

的一系列裁决。你问伯格①这班大佬会不会对宪法修正案第四条继续增补条文？那就要看他们选择谁来填补福塔斯②遗下的空缺了。你有宪法文本的话可要好好保存起来啊，玛西，恐怕很快就要买不到了呢。

我正要把话题转到宪法修正案第一条上，却冷不防窜出个侍者来，把长岛的扇贝送上来了。是啊，味道果然不错呢。不过总还不及波士顿的扇贝好。好，回头再来说这修正案第一条——其实最高法院作出的裁决本身就是前后矛盾的！他们既然在《奥布赖恩诉联邦政府》一案中裁决说焚烧征兵卡的举动不能视为代表演讲，又怎么能在《廷克诉得梅因市》③一案中转了个一百八十度的弯，倒裁决说臂缠黑纱参加反战示威"与发表演讲毫无二致"呢？哎呀你倒说说，到底哪个算是他们真正的立场？

"你还会不知道？"玛西倒反问我一句。我还没有来得及琢磨她这是不是隐隐有嫌我话说得太多之意，侍者却又过来了，这回是来问我们"末了"还来点什么。我要了奶油巧克力和咖啡。她只要了茶。我心里倒渐渐感到有点不安了。我是不是该问问她呢，我怕是讲得太多了吧？是不是还该道个歉呢？不过话又得说回来，她真要嫌我讲得太多，当场就可以打断我

---

① 伯格(1907—1995)：美国最高法院第十五任首席法官，1969年起在任。下文所说的宪法修正案第四条，规定对公民不得非法搜查逮捕。
② 福塔斯(1910—1982)：美国最高法院法官。1965—1969年在任。1968年由约翰逊总统提名出任首席法官，遭到参议院反对，未几即因被控受贿而辞去公职。
③ 得梅因市是艾奥瓦州的首府。此案是因一群学生臂缠黑纱参加反战示威受到教育当局处分而起。

呀,不是吗?

"这些案子全都是你辩护的吗?"玛西问。(是明知故问?)

"那哪儿能呢。不过眼下有一件新的上诉案子,倒正是我给当的顾问。承办这件案子的律师需要引证材料明确一下,怎样的人便算是出于信仰上的原因,可以不服兵役。我以前辩护过一件《韦伯诉兵役局案》,有个判例,他们正用得着。另外,我还经常尽些义务,去给……"

"你好像从来也不知道该歇歇的,"她说。

"这个嘛,吉米·亨德里克斯在伍德斯托克①说得好:'社会风气实在糟糕,这世界真应该彻底洗刷洗刷才好。'"

"你也去参加那次音乐节了?"

"没有,我是看《时代》杂志才知道的,晚上睡不着觉,就翻翻《时代》权当催眠药。"

玛西只是"噢"了一声。

她这一声余音袅袅的"噢",是不是表示她对我失望了?还是觉得我絮絮叨叨可厌呢?我这才想起,这一个钟头来(不,有一个半钟头了!)尽是我在唠唠,她还没有捞到个谈谈的机会呢。

"你在时装行业里做什么具体工作呢?"我就问。

---

① 伍德斯托克是纽约州东南部卡茨基尔山下的一个小镇,1969年曾在此举行夏季摇滚音乐节,有数十万青年蜂拥而来参加,历时三天。音乐节主题是"和平与博爱"。吉米·亨德里克斯为参加演出的著名黑人摇滚歌星。

"跟改善社会风气可不相干。我在宾宁代尔公司。就是有许多连锁店的,你大概知道吧?"

这家连锁店公司生意兴隆,财源茂盛,谁不知道?一些爱摆阔的顾客视之为提高身价的好地方而趋之若鹜,谁不知道?不管怎么说吧,反正只要她透露出了这么一丁点儿消息,我心中也就有了些底了。这家红极一时的公司能有纳什小姐这样一位办事人员,那真是最理想不过了:长得那样漂亮,性格那样坚强,体态那样曼妙,布林·玛尔学院①培养的谈吐又是那样迷人,便是一条鳄鱼到了她手里,怕还会买上一只手提包呢②。

"我是不大做这种销售方面的工作的,"我还是很不知趣地一个劲儿问她,她就回了我这么句话。我原先还当她是个颇想有一番作为的见习销售主管呢。

"那你到底是干什么的呢?"我问得更直截了当了。在法庭上撬开证人的嘴巴就是靠的这种办法。只要不断变换措辞,把内容基本上相同的问题翻来覆去死钉着问就是了。

"嗨,你就不觉得再听下去这儿要受不住了吗?"她一边说一边还点了点自己细长的脖子,表示喉咙口已经快把不住关了。"老是谈人家的工作,你不觉得怪腻味的吗?"

她的意思是够清楚的了:我老说这些,太讨厌了!

"我只怕我夸夸其谈,尽谈我的法律,会让你听得倒胃

---

① 《爱情故事》里已经介绍过,布林·玛尔学院是一所著名的女子大学,在宾夕法尼亚州。
② 说鳄鱼买手提包,有调侃意,因为鳄鱼的皮正是做提包的绝好材料。

口呢。"

"没有的事,说老实话,我倒觉得那挺有意思的。就是有一点:我想你要是能再多谈谈自己就更好了。"

我还能谈些什么呢?想来想去,恐怕还是把自己的情况如实相告是最好的办法。

"倒不是我不愿意说,只是说起来实在不大愉快。"

"怎么?"

沉默了一会。我的眼睛直盯着咖啡杯里。

"我有过一个妻子,"我说。

"那也是很平常的事嘛,"她说。不过口气似乎比较和婉。

"她去世了。"

顿时又是一片默然。

"真对不起,"后来玛西开了口。

"没什么,"是我的回答。可不这样回答还能怎样回答呢?

于是我们就又都默不作声了。

"你怎么不早些告诉我呢,奥利弗。"

"我一字都有千斤重呵。"

"谈谈不是可以心里舒畅些吗?"

"天哪,怎么你的口气就跟我的精神病医生简直一模一样,"我说。

"唷,"她说。"我还当我的口气像我自己的精神病医生呢。"

"咦,你干吗也要去找精神病医生?"这样一个神闲气定的人竟然也要请教精神病医生,倒真叫我吃了一大惊。"你又没有失妻之痛。"

我故意说了句笑话,这是个苦涩的笑话——也是个不成功的笑话。

"可我失去了一个丈夫哪,"玛西说。

巴雷特啊巴雷特,瞧你说话这样不知进退,如今可捅了娄子了!

"啊呀,玛西,你这是……"我再也说不出别的话来。

"请别误会,"她马上又紧接着说。"他只是跟我离了婚。不过迈克尔跟我分割了财产各奔西东的时候,在他倒是满怀自信轻装上路了,而我却背上了一身的烦恼。"

"这位纳什先生是何许样人呢?"我问。我实在憋不住了,我想知道到底是个什么样的家伙,居然能把这样一位姑娘抓到手里。

"我们换个话题谈谈好不好?"她说。那口气,至少在我听来好像有点伤心似的。

说来也怪,看到这位玛西·纳什小姐尽管外表淡漠,内心其实也有她的难言之隐,我紧张的心情倒一下子轻松了。岂止难言之隐,她只怕还有一段不堪回首的伤心史呢。我倒觉得这样的姑娘反而有了些人情味,也不至于让人感到那么高不可攀了。不过尽管如此,我还是找不到话说。

玛西却有话说了。"哎唷,乖乖。时间不早了。"

我一看表,果然已经十点三刻。不过我觉得她在此刻突然提到时间不早，还是说明我已经谈得叫她倒了胃口了。

"请结账，"她见侍者正好走过，便招呼了一声。

"哎——不成不成，"我说。"该我请客。"

"那怎么可以呢。说好了的事怎么好反悔呢。"

是的，原先我是打算要她请客的。可是我做事孟浪，如今满心惭愧，为了补过，这顿饭一定得我来请她。

"还是我来付账，请不要争了，"鄙人此时居然胆敢把她的意见都推翻了。

"你听我说，"玛西大不以为然。"你要跟我斗劲我也不怕，不过我们好歹总不能扒了衣服斗吧，而且斗这种劲实在也不是什么有趣的事。所以你就别跟我胡闹了，好不好？"说完她就喊了一声："德米特里！"

原来她连那侍者的名字都知道。

"您只管吩咐，小姐，"德米特里说。

"请加上小费记在我账上。"

"遵命，小姐，"侍者答应过后，便悄悄退下。

我感到不大自在。她吃饭时坦率的谈话先已使我不快。后来她又提到脱光了衣服打架（尽管话说得还比较含蓄），我心里更是暗暗犯了嘀咕：万一她以性的诱惑向我进攻，我可怎么对付好呢？而且还有一点，她在"二十一点"饭店居然可以记账！这个娘们，到底是个什么样的人呢？

"奥利弗，"只见她一开口，便露出了那两排无比洁白齐整的牙齿，"我送你回家吧。"

"你送我？"

"反正顺路嘛,"她说。

我此刻的心情可瞒不过我自己。我心里紧张极了……这局面,不是明摆着的吗?

"不过,奥利弗,"她随即又摆出一面孔正经,或许还带着点儿讥讽的意思,再补上这么一句:"我请你吃饭,可不就是说你就得跟我睡觉。"

"喔,那我就放一百二十个心了,"我故意装出一副言不由衷的样子说。"我也真不想留给你一个行为放荡的印象。"

"哪儿的话呢,"她说。"你这样的人怎么扯得上行为放荡?"

出租汽车飞快地向我的住处驶去。在车子里我乍猛的想起了一件事。

"嗨,玛西,"我极力装作随口说来的样子。

"什么事,奥利弗?"

"你刚才说你送我回家是顺路——我可没把我家的地址告诉过你呀。"

"噢,我这不过是想当然,我估计你大概总住在东六十几号街吧。"

"那你住在哪儿呢?"

"离你家不远,"她说。

"真会打马虎眼!那你的电话号码大概也是号簿上查不到的吧?"

"对,"她说。但是既没有说明原因,也没有告诉我号码。

"玛西?"

"怎么,奥利弗?"她的口气依然平静如水,一派坦然。

"何必要搞得那样神秘呢?"

她伸过手来,那戴着皮手套的手按着我攥得紧紧的拳头。她说:"暂时就别追问了,好不好?"

老天也真不帮忙!这种时分路上的来往车辆偏偏就是那么稀少,因此出租车转眼就到了我的住处,速度之快真是少有——可是在这种当口开出这样的高速度,我是决不领这份情的。

玛西吩咐司机"等一等"。我就等着听她说,说不定她会关照司机接下来再去哪儿呢。可这个女人才精着哩。她只是对我笑笑,摆出一副华而不实的热情样子,小声说道:"多谢啦。"

"哪儿的话呢,"我也以牙还牙,故作彬彬有礼之状。"应该是我感谢你才对。"

一时竟冷了场。我是说什么也不想再死乞白赖等着听她说什么了。因此我就下了车。

"嗨,奥利弗,"倒是她又唤我了,"下星期二再去打一场网球怎么样?"

这是她主动提出的,我一听正中下怀。这一下我可露了馅儿了,因为我立刻答道:"可那还要等一个星期哪。干吗不能提前点儿呢?"

"因为我要去克利夫兰,"玛西说。

"要去那么久?"这话我怎么能相信呢?"在克利夫兰住得满一个星期的人,我还从来没有见过!"

"改改你那东部人的势利眼儿吧①,我的朋友。星期一晚上我打电话给你,咱们再确定具体的时间。'晚安,亲爱的王子。'②"

那出租汽车司机似乎是熟读《哈姆莱特》的,听到这里他就加大油门把车开走了。

我开到第三个门锁时,心里不觉一阵怒火直冒。我到底见了什么鬼啦?

这个女人到底是个什么玩意儿?

---

① 克利夫兰在俄亥俄州,属中西部,而奥利弗则是东部的波士顿人,所以玛西要这样说。
② 莎士比亚名剧《哈姆莱特》中霍拉旭的一句台词(第五幕第二场哈姆莱特气绝时)。

十二

"真不是玩意儿!她肯定有什么事瞒着我。"

"按照你的想象又是如何呢?"伦敦医生问。我把自己的事情都实事求是告诉他,决不添油加醋,他却总要我匪夷所思发挥一下我的想象。想象!想象!连弗洛伊德的理论中都还有现实这样一个概念呢。

"哎,大夫,这不是我的幻想。玛西·纳什是真的在骗我。"

"哦?"

他倒没有问我为什么对一个勉强只能算是初识的人会这样放不开。我倒是再三问过自己,答案是我为人好胜要强,跟玛西较量可决不肯输在她的手下——无论她要跟我较量什么,我都不能输在她的手下。

我于是就沉住了气,把我发现的情况详详细细告诉了医生。我有一位办事绝对周到的秘书叫阿妮塔,我让她替我给玛西挂个电话(其实我也无非是想向对方说一句:"没什么事儿,就是想向你问个好。")。是的,对方并没有把自己的行止告诉我。但是阿妮塔却天生有个找人的本事。

她先打电话到宾宁代尔公司,公司里说他们的员工中没有叫玛西·纳什的。但是阿妮塔并不因此而泄气。她又打电话到克利夫兰去找，克利夫兰市内市外包括四郊高等住宅区，凡是有可能去投宿的旅馆她家家都问到了。问下来还是没有玛西·纳什其人，她又转而去问汽车旅馆以及一些档次较低的客店。还是查无此人。总之在克利夫兰这一带根本就没有玛西·纳什那么个人，叫小姐、叫女士的没有，连叫太太的都没有。

这就一清二楚了，好家伙，她是在骗我呢。这么说她是另到别处去了。

医生却不慌不忙问我："那么你的……结论又认为如何呢？"

"可这又不是我在那里胡思乱想！"我急忙说道。

他也并不表示异议。这案子一"开审"，我的陈述就理由十足。老实说我已经埋头想了整整一天了。

"首先有一点是明白无疑的，那就是她一定跟什么男人有同居关系。她不告诉我电话号码也不告诉我住址，再没别的理由可以解释。她说不定至今还是个有夫之妇的身份呢。"

"那么她为什么还要约你再次相会呢？"

哎呀，这个伦敦医生倒真是天真！要不就是他跟不上时代了。再不，那就一定是他明知故问。

"这就难说了。我看报刊上的一些文章都说我们这个时代是个冲破了拘束的时代。也许他们双方倒有个协议，都情愿搞关系'开放'呢。"

"如果她真像你所说，是个搞那种'冲破拘束'的，那她又为什么不直截了当告诉你呢？"

"哎哟，奥妙也就奥妙在这儿。我估计玛西大概有三十岁了——尽管看她的外表似乎还远远不到这年纪。这就是说,她还是在60年代初期长大成人的——跟我也差不多吧。那时候的风气可还没有眼下这样放荡,这样随便。所以,像玛西这样年纪的姑娘还是有些老脑筋、老框框的,不是什么都干得出来的,明明到百慕大快活去了,她还要遮遮盖盖说是到克利夫兰去了呢。"

"据你的想象就是这样?"

"当然,也可能不是百慕大,而是巴巴多斯,"我也不想把话说得太死,"可她一定是跟那个同居的男人度假去了。那家伙可能是跟她同居的关系,也可能是她的丈夫。"

"所以你就很生气。……"

生气?我肺都快气炸了!难道非得当上精神病医生才看得出来?

"因为她跟我说话不老实呀,这混蛋!"

我这一声大吼出了口,心里跟着就咯噔了一下:在外屋翻阅过期《纽约客》杂志的那个候诊的病人,只怕也听到我这声狂叫了吧。

我好一会儿没有再作声。我本想让医生相信我并不激动,怎么说着说着反倒这样激动起来了呢?

"天哪天哪,谁要是跟这么个精明的伪君子沾上了边,那真是太可怜了。"

一阵沉默。

"你算'沾上了边'吗?"伦敦医生抓住了我这句话,来反难我。

"算不了。"我笑了起来。"我是绝对沾不上边的。说真的,我不光要把她甩在脑后——我还要给这婆娘发个电报,让她给我滚得远远的。"

又是一阵沉默。

"可我就是办不到,"我过了会儿又无可奈何地说。"我不知道她的地址啊。"

十三

我正在做梦,梦见自己睡着了,却偏偏来了个要命的电话,把我给闹醒了。

"你好!我是吵醒了你呢,还是打搅了你?还是干扰你的什么好事了?"电话里兴高采烈的声音是玛西·纳什小姐。她的言下之意是:我是在乐我的呢,还是就老老实实在那儿等她的电话?

"我此刻的活动可是绝对保密的哟,"我说,意思就表示:我在干那套男女之间的风流勾当哪。"你这会儿又在哪儿啦?"

"我在机场呀,"听她的口气倒不像是说假话。

"是跟谁在一起呀?"我只作是随口问问,巴望她被我问得猝不及防而吐露真情。

"几个业务经理之类的人物,都搞得累透啦,"她说。

搞那号业务,哪还有不累的!

"那你一定晒得很黑了吧?"我问。

"你说什么黑呀白的?"她说。"嗨,巴雷特,你生气了是不是?别这样睡眼蒙眬的,快醒一醒,倒是告诉我:明儿早上我们还去不去打网球?"

我瞟了一下放在桌子上的手表。已经快清晨一点了。

"这会儿已经是'早上'了嘛,"我回她说,心里真恼火透了:谁知道她这一个星期里干了些什么好事,何况现在又来吵醒了我。更何况我拿话套她她居然不上钩。更何况她搞的这一切始终都还是个谜。

"那就早上六点好不好?"她问。"去还是不去,一言可决嘛。"

在短短的几秒钟工夫里我脑子里出现了一连串的问号。为什么她去热带胜地寻欢作乐一回来,就这么急着一大清早要打网球?再说,要打网球为什么不跟那个同居的"朋友"打呢?难道就把我当个专职陪练?还是她那个"朋友"早上得去陪自己的老婆吃早饭呢?我真应该给她一顿臭骂,扔下电话再去睡我的觉。

"好吧,我去就是,"不料我嘴里吐出来的却根本不是我心里想说的话。

我把她打惨了。

一大早到了网球场上,我就一点也不手软了。我给她一个一言不发("准备好啦?"之类的话可是例外),只是一味狠命地打。偏偏玛西的竞技状态又有些欠佳。看上去脸色都有点苍白。莫非百慕大这几天在下雨?还是她这几天一直足不出户?反正这也都不干我的事。

"哎哟哟!"她很快就一败涂地,输了球说话也不自在了。"潘乔今天对我不肯手下留情呢。"

"还手下留情呢!我都气糊涂啦,已经做了一个星期的糊涂蛋啦,玛西。"

"怎么?"

"我看你这个克利夫兰的玩笑也开得未免太过分点儿了吧。"

"你这话怎么说?"她的样子好像不是装假。

"还提呢,得了吧,你嫌我还气得不够么?"

玛西似乎弄得莫名其妙。我是说,光看她的样子,好像她一点也不知道自己的秘密已经被我拆穿。

"嗨,我们难道都还是小孩子?"她说。"为什么不能摊开来谈谈呢,你到底为什么事这样怄气?"

"何苦要再去兜翻呢,玛西。"

"那好吧,"听她的口气好像很扫兴似的。"这么说你是不想去吃这一顿饭了。"

"我倒不知道还有顿饭吃呢。"

"不是赢家可以叫对方请客吗?"她说。

我琢磨了一下。要不要这就都跟她说?还是先美美地享用她一顿,然后再跟她算账?

"好吧——请我吃一顿有什么不好,"我回答的口气有一点生硬。

"那时间呢?地点呢?"她看去却好像并没有因为我态度不大客气而就有退缩的意思。

"这样吧,还是我去接你。到你家里去接你,"我话中有刺。

"可我不会在家里呀,"她回我说。好嘛,你看她说得倒像!

"玛西呀,哪怕你远在非洲我也要去接你。"

"那好吧,奥利弗。我就在六点半左右打电话到你家里,到时候再告诉你我在哪儿。"

"要是我倒不在家呢?"我说,心里自以为这以牙还牙的反手一击妙不可言。于是就又加上一句:"我的当事人有时候要请我到他们的办事处去谈公事,有的办事处可是在太空里呢。"

"那也没关系,我就把电话不断往你的家里挂,反正不到你火箭着陆我决不罢休。"

她朝女更衣室才走了两步,便又回过头来。"奥利弗,你知道不,现在我倒真有点相信了:你这个人呀,脑子怕是真有些问题呢!"

十四

"嗨,我可赢了大官司啦。"

伦敦医生却连一句祝贺的话也没有。不过他也知道这场官司不是一场寻常的官司,因为前几次跟他谈话我都提到过这个案子。他既然没吭声,我就只好把这宗《钱宁诉河滨大楼》案再提纲挈领讲上一遍了。河滨大楼是东边大道上一幢可以分套出售的高级公寓大楼,钱宁全名叫小查尔斯·F·钱宁,是超大纺织集团的总裁,是入选过全美明星队的前宾州州立大学校队选手,是一位知名的共和党人,又是位……黑人名流。他想要购买河滨大楼的豪华顶楼,却不知道由于什么蹊跷的原因,房产公司不肯卖给他。为此他就找律师跟他们打官司。他慕名找到了我们乔纳斯与马什法律事务所。乔纳斯老头就把这件案子交给我办。

我们没费什么力气便获得了胜诉,因为我们援引的不是新近实施的住房开放①法规——这些法规反倒有些意思含混,容易产生歧义——我们干脆就提出高等法院去年审理的《琼斯诉梅耶》一案的判例(392 U.S.409)作为依据。在该案的判决中法庭确认根据1866年的民权法案,人人都有购置房产的自由。这完全符合宪法修正案第一条的精神,没什么可说的。河滨大楼的房产公司也输得没什么话可说。只花了三十天工夫,我的当事人就迁入了新居。

"我这是第一次为我们的事务所不但赢了官司,还赚了大钱,"我讲完以后又补上一句。"钱宁可是个百万富翁哪。"

可是伦敦医生依然一言不发。

"中午乔纳斯老头请我上馆子。马什——就是那另一个老板——也过来看我,一起喝了杯咖啡。听他们的话音,好像有意要请我入股呢……"

还是一言不发。这个家伙,到底要说些什么才能叫他动心?

"今天晚上我要去把玛西·纳什弄到手。"

啊哈!他忍不住咳嗽起来了。

"你不想知道我这是什么缘故吗?"我完全是一副逼着他回答的口气。

他不慌不忙答道:"你喜欢她呗。"

我哈哈大笑。他毕竟并不理解。我于是就告诉他,我要弄清楚问题的答案,舍此就没有别的办法。这种手段听起来好像太下流了点(也太狠毒了点),可是要摸清事情的底细,就一定要把她弄到手才行。等我一旦把玛西的鬼把戏探明了究竟以后,我就要老实不客气先把她骂一顿,然后就扔下她走我的,这才叫快哉呢。

现在要是伦敦医生胆敢再来问我"按照你的想象又是如

---

① 美国的所谓住房开放,系指在住房的出售、出租中,不准有种族歧视或宗教歧视等歧视行为而言。

奥利弗的故事

何",我一定拔起脚来就走。

他没有问。他倒是让我问问自己为什么心里会这样沾沾自喜。为什么我今天说话一味炫耀自己,卖弄得简直就像只孔雀似的?我再三夸耀自己打赢了大官司,是不是有意要转移注意力呢?是不是有什么……放不下的心事呢?

什么话呢。我会有什么放不下的心事?

她毕竟只是个丫头罢了。

可会不会问题就在这儿呢?

"嗨,我可是赤身裸体呀,玛西。"

"这话是什么意思?"

"你电话来得不巧,我正在洗淋浴哪。"

"我一会儿再打来吧?你每月才一次的例行公事,我不好来打搅你啊。"

"那你别管,"我不睬她这一套,对她直吼。"你只要告诉我:你此刻到底在哪儿?"

"在白平原购物中心。宾宁代尔商店。"

"那你二十分钟后就在店门外等着,我来接你。"

"奥利弗呀,"她说,"你过来可有十五英里的路哪!"

"错不了,"我漫不经心地随口应道。"那我只消十五分钟就可以赶到,你等我来接吧。"

"可奥利弗呀,有一件小事请帮帮忙一定要为我办到。"

"什么事?"我问她。

"你可千万要把衣服穿上啊。"

一是亏了我那辆"塔加911S型"性能无比优越,二也是由于我在开车上很有些创造性(我连公路中间的白线都明明越过了——警察却往往只知看得佩服,也没有顾得上来把我拦下),所以二十七分钟以后,我便呼的一下驶进了购物中心。

玛西·纳什果然就在跟她说好的地方等着(也许只是装装样子?),手里还拿着一袋东西。那身段看上去似乎比那天晚上美了几分——尽管那天晚上就已经美到足有十分了。

她招呼了一声"哈罗"。我一下车,她就上来在我脸上亲了一下。随后就把那袋东西往我手里一塞。"给你的一点小意思,一来压压你的气,二来慰劳慰劳你。啊,对了,你这车不错,我太喜欢了。"

"我的车肯定也喜欢你,"我说。

"那就让我来开吧。"

哎呀,我的小"保时捷"可不能让她开。绝对不能让她开。……

"下次吧,玛西,"我说。

"让我来开,我认识路的,"她说。

"去哪儿?"

"去我们要去的地方呗。求求你好不好……"

"不行啊,玛西。这玩意儿实在太娇气。"

"怕什么呢,"她说着就一头钻进了驾驶座。"人家可是开车的把式,还会对付不了你这个小玩意儿?"

我得承认,人家这把式还真是不假。她的车开得都可以跟杰基·斯图尔特①媲美了。倒是杰基·斯图尔特过U字形急转弯怎么也不会像玛西那样开得还照样像飞一样。说老实话,我有时还真感到不寒而栗呢。有几次简直连心都要蹦出来了。

"你喜不喜欢?"玛西问。

"喜欢什么呀?"我说,装作若无其事的样子偷眼去看仪表盘上的速度计。

"送给你的礼物呀,"玛西说。

啊,对了,我把慰劳我的那话儿忘记得精光了。我那捏着把汗的手里还紧紧攥着那件礼物,没打开来看过呢。

"嗨,别这么死死地攥着——打开来看看嘛。"

原来那是一件乌光光、软绵绵的开司米毛线衫,胸前绣着阿尔法·罗密欧②的字样,红艳艳的好不耀眼。

"这可是埃米利奥·阿斯卡雷利设计的呢。他是意大利新近一炮打红的天才服装设计师。"

这种东西价钱再贵玛西也尽买得起,那是决无疑问的。可是她为什么要买来送给我呢?我看大概是心里觉得有些过意不去吧。

"哎呀,太漂亮了,玛西。多谢你哪。"

"你喜欢就好,"她说。"我的业务里有一条,就是要揣摩公众的口味。"

---

① 苏格兰著名赛车手。曾获1969,1971,1973三届世界冠军。
② 一种意大利名贵赛车的牌号。

"啊，敢情你是别有用心的哩，"为了给我这句俏皮话增加几分效应，我还故意来了个似笑非笑。

"这世上又何人不是如此？"玛西说，神态那么妩媚，却又不失风度。

也许她说的倒是句至理之言吧？

有人很可能要问：既然我近一个时期来内心有点彷徨不定，我又怎么敢讲得那么肯定，说我准能把玛西·纳什小姐弄到手呢？

道理是这样的：这种事情，一旦抽去了其中感情的因素，干起来就反倒容易了。我也知道，做爱二字若就其含义而言，是不能没有感情的成分的。可是时至今日，做爱这种行为往往已只成了一种彼此争胜的比赛。从这点上来说，我要拿这种手段去对付玛西·纳什，不但完全心安理得，而且说实在的，心里还真有些跃跃欲试呢。

然而我对这个开车的窈窕淑女瞅着瞅着，渐渐的竟连仪表盘都顾不上偷眼去看了，脑子里倒是又想起了那天经伦敦医生一点而冒出的许多念头。尽管这姑娘行踪诡秘，尽管我在表面上对她还处处流露出敌意，可是会不会我骨子里倒是有点喜欢这个姑娘呢？会不会我是在虚张声势，迷惑自己，以求减轻内心的压力呢？

当初我跟詹尼·卡维累里做爱，那真是温存体贴之至，我既已有过这样的体验，到底是不是还有"一分为二"的可能呢？是不是能把性爱的行为加以分解，做到有性而无

奥利弗的故事

心呢?

人家能,人家也是这样做的。我倒也要来试验试验看。
因为就我目前的情况而言,我看我也只有不带一点感情,才干得了了。

十五

根据导游手册上的点评,贝德福山恶狼饭店的饭菜只能算"尚可"。但是那种乡村的情调,以及那里供过夜的房间,则可以"列为优等"。用手册上的话来说吧,那里巨树掩映,绿荫深静,是个休闲的好地方,到了那里,就可以把我们城市生活的一切压力统统抛开。

恶狼饭店还有个特点,导游手册上不必明言,光顾者也自能领会,那就是这里还是个幽会的绝佳去处。一顿晚饭只能算勉强及格吧,可是楼上悄悄儿等着你的那一派气氛,则是令最爱挑剔的人见了也会赞赏不绝的。我一听说我们的目的地是这么个所在,心里就有了底:有门儿了!我这次的机会之好,也大可以……"列为优等"了。

然而我却总觉得心里有些恼火。

这个地方又是谁选中的呢?是谁,不跟人家商量,就自作主张,先来把什么都预订好了?是谁,此刻又开着我心爱的"保时捷",这样飞驰而去?

车子一打弯,离开了公路,折入了一片树林子,树林子里有一条狭狭的车道,一路驶去依稀也有好几里长。好容易前边算是出现了灯光。是一盏提灯。还有一块招牌,上写:恶狼饭店,乡村风味。

奥利弗的故事

玛西放慢了车速(总算减速了),车子拐进了院子。月光下,我只朦朦胧胧看到一座瑞士农舍的轮廓。看得见屋里有两座好大的壁炉,跳动的火光照亮了一间餐厅兼起居室。楼上却是一丝儿光也没有。穿过停车坪时,我发现那里总共只停着一辆车,是一辆白色的梅塞德斯SLC。可见小饭店里客人不会很多。想说些……悄悄话该是没问题的。

"但愿能有些佳肴美味,才不致辜负了你这样老远的开了车来,"我话里带刺地说(嘿嘿)。

"只要你能不觉得失望就好,"玛西说。于是就挽起了我的胳膊登堂入室。

我们被迎到了靠壁炉的一张桌子前坐下。我先要了点喝的。

"一杯鲜橘汁,一瓶普通点的加州白葡萄酒,什么牌号都可以,只要不是法国来的就行。"

"塞萨·恰维斯[①]可真要夸你了,"一等女招待匆匆退下以后,玛西就说。"你真还应该关照她,橘子汁一定要工会会员采摘的橘子榨的!"

"你的做人道德我就恕不负责了,玛西。"

我随即就向四下里一看。除了我们俩竟没有第三个顾客。

"是不是我们来得早了点?"我问。

"大概是因为这里离城太远了,所以人家一般只有在周末

---

① 塞萨·恰维斯(1927—1993):美国墨西哥裔农业工人领袖,农业工人联合工会的创始人。

才来。"

我只是"哦"了一声。有句话我尽管暗暗叮嘱自己不能问,可结果还是忍不住问了:"这儿你以前来过吗?"

"没有,"玛西说。不过我看她没说实话。

"既然未曾一见,怎么贸贸然就挑了这么个地方呢?"

"我早就听说这个地方的情调挺罗曼蒂克的。今日一见果然名不虚传哪,你说是不?"

"唔……是很够味儿,"我说着拉住了她的手。

"楼上的房间个个都有壁炉呢,"她说。

"光景挺'靓'的,"我说。

"不凉,才暖和呢。"她脸上漾起了笑意。

默然半响。后来我极力装出一副随意问问的口气:"我们也在上面预订了?"

她点点头表示是。随即又接上一句:"以防万一呗。"

也不知道怎么,我一听之下,心里却并没有像设想的那么欢喜。

"万一什么呀?"我说。

"万一下雪呗,"她说着,还捏了捏我的手。

女招待把玛西的鲜橘汁和我的葡萄酒端来了。熊熊的炉火,再加上酒力,顿时使我职业的本能苏醒了过来,我觉得自己完全有资格提问。

"哎,玛西,你预订房间用的是什么名字?"

"唐老鸭,"她说得面不改色。

"不,我不问你这一次,玛西。我是想问你,你在别处住旅馆，都是用什么名字登记的？"

"什么意思？"

"比方说，你在克利夫兰用了什么名字？"

"又要提克利夫兰的事啦？"玛西说。

"你在克利夫兰到底是用什么名字登记住的旅馆？"我摆出了巴雷特律师的架势逼得她无路可退。

"说真格的，我根本就没有登记，"她回答得倒也痛快，连脸都没有红一红。

啊哈！

"不瞒你说，我根本就没有住旅馆，"她又若无其事地添上一句。

哦嗬？

"可你到底去了那里没有？"

她撅起了嘴巴。

"奥利弗，"过了会儿她才说。"你这样坐堂审案似的，到底想要干什么呀？"

我微微一笑，又斟上一杯酒，来了个"空中加油"。加足了"油"，再换一种方式来提问。

"玛西呀，既然是朋友，彼此就应该坦诚相待，你说是不？"看来这句话起了作用。我用了"朋友"二字，激发了一星火花。

"那还用说，"玛西说。

大概因为我说的是句好话，语调又很平和，这就使她的态度软了下来。我就趁此收起了口气里能有的一切感情色彩，单刀直入问她：

"玛西，你是不是有些事情瞒着我呢？"

"我真到克利夫兰去了呀，奥利弗，"她说。

"好，就算克利夫兰你是去了，可是不是还有别的事情打了掩护呢？"

沉默了半晌。

半晌以后她才点头承认了。

瞧，我料得没错吧。真面目终于露出来了。即使还没有完全露出来，至少也有些端倪了。

可是接下来却又什么声息也没有了。玛西压根儿就一动不动坐在那里，咬紧了牙关不再说一个字。不过她态度之间的那一派坦然自信的神气显然已经大打折扣。看去简直像个小可怜儿了。我真感到有些于心不忍了。可我还是硬起了心肠。

"怎么样……？"我说。

她伸过手来，按在我的手上。"哎，事情是这样的。我也知道，我说话有些躲躲闪闪。你可千万别放在心上。我今后再不会这样了。"

这话是什么意思呢？她的手还按在我手上。

"我们点菜了，好吗？"玛西说。

我暗暗寻思：要不要暂时和解，稍缓再说？这样就有前功尽弃的危险：底细已经快就要摸清楚了！

"玛西，还有一两个小问题，你看我们就谈完了再点菜，好不好？"

她迟疑了一下，才答道："既然你一定要先谈，那也没有办法。"

"我就像拿到了一副拼图玩具,却拼不拢来,请你帮我拼拼看,好不好?"她只是点了点头。于是我就把种种"罪证"归纳起来,作一综述。

"有这样一位女士,你倒说说我们对她应该下怎样的结论?她不留地址,也不留电话号码。她出门,却谁也不知道她去了哪儿;投宿,却更名换姓。她不肯明确说出自己的职业——更确切些说,是对此始终避而不谈。"

玛西却不来跟你啰嗦。她倒反问了一句:"你倒说说应该下怎样的结论呢?"

"我说你一定跟谁有同居关系,"我说。话说得平静自若,没有一点抢白的意思。

她浅浅一笑,显得略微有些不安。还摇了摇头。

"要不那你一定是个有夫之妇。也可能那一位他家里另有老婆。"

她对我看看。

"你这道选择题,是不是要我选择一个正确的答案?"

"对。"

"那你说的一个也不是。"

这不是活见鬼吗!——我心想。

"要不我又何必还要约你见面呢?"她问。

"你跟那一位的关系是'非排他性'的。"

她听了好像并不感到高兴。

"奥利弗,我可不是那样的人。"

"很好，那你又是怎么样的人呢？"

"我也说不上，"她说。"我总觉得有点飘然无依之感。"

"你完全是胡扯淡！"

我这火发得实在莫名其妙。话出了口我立刻就后悔了。

"你在法庭上的大律师风度就是这样的吗，巴雷特先生？"

"倒也不是，"我当下就斯斯文文说。"可是这儿不是法庭，你不说实话我也不能就办你的罪啊。"

"奥利弗，你别再这样惹人讨厌啦！人家好歹也是个正派女子，长得也不能算太丑吧，人家倒是看准了你对你挺有意的，可你倒好，你哪像个有血有肉有情有义的男儿汉，你简直就像中世纪宗教法庭上的大法官！"

好一个"有血有肉有情有义"！这句刻薄话刺得我可痛了。看这娘们有多损！"那好啊，玛西，你要是觉得不称你的心，事情干脆就吹了算了。"

"本来就没有什么了不起的事情，也谈不上有什么可吹的！你要是忽然心血来潮要走，随你去法庭也罢，去教堂也罢，哪怕就是去佛寺修道院也罢，都只管请便！"

"那再好也没有了，"我说完就站起身来。

她马上来了一声"再见"。

我也回了她一个"再见"。可是两个人谁也不走。

"走呀——这儿的账我来付好了，"她说着还挥挥手赶我走，像赶苍蝇似的。

奥利弗的故事

可是要把我赶走那是休想。

"你别把人看扁了,我才不至于那么没心没肝呢。把你一个人撇在这荒郊野外,我不放心。"

"用不着你来充好汉。我外边自有汽车。"

我脑子里轰的一声,一个阀门又炸开了。这婆娘又一次撒谎,让我给当场逮住了!

"你不是说这儿你从来没有来过吗,玛西?你的汽车又是怎么来的呢——你有遥控的本事?"

"奥利弗,"只见她气得涨红了脸,说道:"这又干你什么事啦?你这该死的疑心病也未免太重了。好吧,为了早些打发你走,我就干脆都告诉你,那是我的一个同事替我留在这儿的。因为不管今天你我的约会是一场欢喜还是一场气,反正我明天一早好歹总得赶到哈特福德①去。"

"要到哈特福德去干什么?"我倒忍不住问了,实际上这跟我根本就不相干。

"因为我那个情郎要替我'买保险'!"玛西高声大叫了。"好了,少啰嗦,快去你的吧。"

我实在太性急了,太过分了。我简直气糊涂了。其实我心里也清楚我们应该彼此都收起大嗓门,好好坐下来。可是这时候我们怒气冲冲的一阵对骂刚完,一连串的"滚"字声犹在耳,我还能怎么样呢?我只好硬着头皮走了。

---

① 在康涅狄格州。纽约的东北方。

夏天的雨下得正急,我心急慌忙,一下子开不了车门的锁。

"嗨——到附近去兜兜怎么样?"

玛西出现在我的身后,面孔是铁板的。她外套也没有穿上,一点东西都没带,就从饭店里出来了。

"不了,玛西,"我答道。"我们的圈子已经兜得太多了。"我终于把车门打开了。

"奥利弗,我要去兜兜是有个道理的。"

"啊,你还会没有道理吗?"

"你怎么也不给我一个说话的机会?"

"你怎么也不对我说一句实话?"

我上了车,碰上了门,把引擎发动了起来,玛西却还站在那儿,一动不动,两眼直瞅着我。车子从她跟前缓缓驶了过去,这时我摇下了车窗玻璃。

"你以后再打电话给我好吗?"她放低了嗓门说。

"你怎么就忘了呢,"我这话里挖苦的味道可不是一点点,"我没有你的电话号码呀。你怎么也不想想呢?"

说完我就一换挡,加大了油门,冲出了院子,飞也似的直向路上驶去。

去到纽约市,好把玛西·纳什小姐从此忘了,永远忘了。

十六

"你怕什么啦?"

我把事情的经过一五一十都告诉了伦敦医生以后,他只说了这么一句话。

"我没说我害怕呀。"

"可你不是跑了吗?"

"你瞧,现在事情已经一清二楚了,玛西不是个正正经经的女子,她别有用心。"

"你是说她想勾引你?"

这医生好天真。

"不,她还'别有用心',"我就拿出了最大的耐心来向他解释,"因为我是姓巴雷特的,在这社会上用不到作多少调查研究,就可以知道我是大富人家出身。"

好了,我的观点已经阐明。此刻就像等待宣判的法庭:一派寂静。

"这不是你的由衷之言,"伦敦医生终于说道。他说我言不由衷,口气那样肯定,倒逼得我不能不再好好思考思考了。

"也许你说得对,"我说。

又是一派寂静。

"好吧,医生好歹是你嘛。那么你倒说说,我到底是怎么个感觉呢?"

"奥利弗呀,"伦敦医生说道,"其实我所能给你的帮助,确切些讲,也无非就是让你能对自己的内心活动有一个比较透彻的理解。"他于是又问:"你当时心里是怎么个感觉呢?"

"觉得好像有点受骗上当的可能。"

"还有呢?"

"还有点害怕。"

"怕什么呢?"

我一下子回答不上来。确切些说,是我说不出口。我实在担心哪。倒不是担心她也许会对我说:"对,我是跟一个男人有同居关系,他可是入选全明星队的橄榄球进攻后卫,是位天体物理学博士,跟他在一起才叫刺激呢。"

不,我担心的不是这个。我怕听见的恐怕倒是:

"奥利弗,我喜欢你。"

她真要跟我这么说,那我会慌得六神无主的。

要说玛西神秘,是很神秘。可她一不是玛塔·哈里①,二不是荡妇淫娃②。事实上,她唯一的缺点,就是没有个明明白白抓来就是的毛病。(我好歹总得挑她一个毛病吧!)玛西不管

---

① 玛塔·哈里(1876—1917):原是一名荷兰舞女、名妓,第一次世界大战期间在巴黎被控充当德国间谍,于1917年被处死。后来玛塔·哈里就成了以美貌勾引男性的女间谍的别名。
② 原文为"淫妇巴比伦",典出《圣经·新约·启示录》。《启示录》上说约翰看到有个大淫妇受到了上帝的惩罚,这大淫妇就叫巴比伦,是世上淫妇和一切可憎之物的根源(《启示录》17—19章)。引申为荡妇淫娃之意。

出于什么原因撒了谎,她撒谎可并不就能说明我作假有理:我欺骗了自己,我哄自己说我一点也没有……动情。

其实我已经快要动真格的了。只差那么一点儿,我就要动真格的了。

我所以心里发慌,所以落荒而逃,拆穿了就是这个缘故。我怎么能喜欢别的女人呢,我这辈子只爱过一个姑娘,要喜欢别的女人,我觉得那就是对这姑娘变心。

我就这样老是在提防中过日子,生怕自己心里会冷不防冒出一些人所难免的感情来,可是这种日子我又能支持多久呢?说实在话,我本来就乱作一团的心里,如今越发乱糟糟了。折磨着我的难题,已经变成两个了。

一是:剪不断的对詹尼的思念,怎么才能理清呢?

二是:玛西·纳什,怎么才能找到呢?

十七

"巴雷特呀,你这个混蛋简直是发了疯了!"

"别嚷嚷,辛普森!"我一边回他的话,一边忙不迭地向他摆手,要他把嗓门压下去。

"怎么啦——还怕我会把这里的网球给闹醒?"他气呼呼地说。他心里恼火,也弄糊涂了。

也难怪他。这会儿还只清早六点。他在医院里刚值完夜班,我就把他拉到戈森网球会来当我的陪打了。

他脱下了医生的白大褂,换上我给他准备的白网球衫裤,嘴里还在嘀咕:"哎哟,巴雷特,你再给我说清楚点,你这样死活把我拽来,到底是为了什么?"

"你就帮帮我的忙吧,斯蒂夫,"我说。"我一定得找一个信得过的伙伴。"

他还是不明白。因为我并没有把事情的经过都原原本本告诉他。

"嗨,你听我说,"他说,"只要我走得开,我们一起跑步,这没问题。可我不能豁出命来替你帮腔,去自己找罪受呀。也真是的,打球为什么非要天不亮来打呢?"

"我求求你啦,"我说。出自肺腑的恳求,终于博得了辛普森的同情。至少他就不再言语了。

从更衣室里出来，我们一路走得很慢。他是因为已经相当疲劳，我则是因为只顾在心里盘算。

"我们是六号球场，"斯蒂夫说着，还忍不住打了个呵欠。

我应了声"知道"。一路走去，我把一号到五号球场上所有的人都看了个仔细。可是看不到一张熟面孔。

我们一直打到了早八点，辛普森已经累得连站都快站不住了，一个劲儿的求我就允许他认输了吧。我自己也已经手脚不太听使唤了。

"你不看看自己，打出来的球早都是棉花球了，"他呼哧呼哧说。"你一定也累得要命了吧。"

"对，对，"我嘴里应着，心里却在嘀咕：她上哪儿去了呢？莫非是在克利夫兰？

"斯蒂夫，我得求你帮我一个大忙。"

"什么事？"他流露出狐疑的眼色问道。

"明天，我们再来打一场吧。"

见我这么求他，再一听我这副口气，辛普森意识到我这实在是情急无奈了。

"好吧。不过千万不能再早上六点来打咯。"

"可问题的关键也就在这儿，"我说。"要打还是得六点来打！"

"去你的！我不来，凡事总有个度，你不能强人所难哪！"辛普森直吼了。一赌气，还把衣柜捶了一拳。

"我求求你啦。"光求他不行，还得向他摊底牌："斯蒂夫呀，这事牵涉到一位姑娘哪。"

他累红了的眼睛一下子睁得好大。嘴里还问:"真的?"

我点点头表示千真万确。我还告诉他,我跟这姑娘就是在这网球会里碰头的,要见她没别的办法。

辛普森倒似乎一高兴,因为我总算对人家姑娘有了点意思了。他就答应陪我来打。可是他随即又想起了一件事:"要是她明天还是不来呢?"

"那我们就只好后天、大后天这样天天来,总得见到了她才完。"

他听了只是耸耸肩膀。真是患难见知交,不过说实在的,我这位知交也已经是筋疲力尽的知交了。

在办公室里,我可真把阿妮塔折腾苦了。即使是去厕所那么一眨眼的工夫,我也要以冲锋的速度赶回来,抓住她就问:"有电话吗?"

她去吃午饭,我便叫一客三明治让送到办公室来。我就这样片刻不离地守在电话机旁(总机上那个新来的小子我实在不放心)。我可不能把玛西打进来的电话给错过了。

可是她没有来电话。

星期三下午我得出庭申辩,要求法院签发一份预发禁制令。这事几乎花了我整整两个小时。回到事务所,已是五点一刻左右了。

"有电话吗,阿妮塔?"

"有。"

"哦……有什么事?"

"是你的医生叫留的话。说他今天晚上八点以后在家。"

到底是怎么回事?难道伦敦医生算到了我有发神经病的可能?——可是我今天不能上他的诊所去看他啊。

"到底是怎么说的?"

"哎呀,奥利弗,我不是都跟你说了吗!电话里那位女士只是关照……"

"哪位女士?"

"你让我把话说完好不好?那位女士只是关照给你留话:'斯坦因医生今天晚上在家!'"

"原来是斯坦因医生……"我口气里掩饰不住内心的失望。敢情是乔安娜!

"你还以为是谁呀——难道还会是乔纳斯·索尔克医生①?"阿妮塔倒顶了我一句。

我当时心中略一沉吟。眼下我恐怕倒正需要乔安娜这样一位富于人情味的女性来跟我热热和和谈谈呢。不,这可不是太委屈了她么?这样……这样端庄稳重的一位女性,区区如我哪能配得上呢。

"没有别的事了吗?"我吼了一声。

"我还留了几个电话记录。都是内线的。好了,我可以走了吗?"

"去吧,去吧。"

---

① 乔纳斯·索尔克医生(1914—1995):美国名医。预防小儿麻痹症(脊髓灰质炎)的灭活疫苗就是他研制成的。

我急忙到自己的办公桌上一看。你想会有什么希望呢,法律事务所里的内线电话都是关于本所受理的各类案件的。哪里会有玛西的电话呢。

过了两天,偏偏乔纳斯老头要我到他的办公室里去碰个头。真要命!我只好拜托阿妮塔多照看着点,说回头一定请她吃饭。老板把我找去,又是跟马什先生一起作三头会晤,商量的是哈罗德·拜伊的案子。这哈罗德·拜伊是个替联邦调查局干窃听勾当的,他发现自己竟然也被局里窃听上了。这种害人虫,如今已经十足成了社会的祸害。哈罗德掌握了不少情况,了解白宫的一些工作人员如何受到监视,说来简直令人发指。他身上自然是榨不出很多油水的。不过乔纳斯却认为我们事务所还是应该受理他的案子,为的是"可以让公众看到问题"。

事情一谈完,我立刻像飞一样赶了回来。

"有电话吗,阿妮塔?"

"有,华盛顿来的,"听她的口气有些不平静,好像这个电话的来头很大。"是经济机会局局长打来的。"

"哦,"我却是一副不冷不热的样子。"没有别的了?"

"你到底在等谁的电话呀,大概是在等杰奎琳·奥纳西斯①的电话吧?"

"得了得了,不要乱开玩笑,阿妮塔,"我面孔一板,反过来剋了她一句,便噔噔噔直往自己的办公室里走去。

阿妮塔这下子可真是搞糊涂了,我听见她在暗暗嘀咕:

---

① 杰奎琳系肯尼迪总统的遗孀,后改嫁希腊船王奥纳西斯。

奥利弗的故事

"他这是怎么啦?"

当然我也不是一味消极地等待电话。我每天早上还是去打网球。可怜的辛普森有时实在来不了,我就请网球会里的元老职业教练彼蒂·克拉克老头给我上上"指导课"。

"听我告诉你,老弟,那些小子哪个不是我彼蒂给调教出来的?从我手下出去一直打到温布尔顿的,可有的是哩。"
"嗨,你有没有教过一个叫玛西·纳什的?"
"你是说那个漂亮的小妞儿……?"
"对,对。"
"……就是在48年那年跟个红发小子一起夺得混双冠军的那个漂亮小妞儿?"
"不不,算了算了,不提这事了,彼蒂。"
"说老实话,那个妞儿到底我教过没有,连我自己也记不清了。"

一到傍晚我还天天去跑步。为了可以见人先见面,我特意顶着人流跑。可还是见不到她。也不知玛西到底是干什么的,她常常要去外地,一去就得好多天。好多天就好多天,我还是决心坚持下去。

我尽管也马上加入了戈森网球会(这个网球会的入会标准只有一条,就是有钱就成),不过他们却始终不肯帮我的忙。也就是说，办公室对会员的情况守口如瓶，对我半点也不肯开恩透露。

"难道你们连一份会员名录都没有？"
"会员名录是有，只供办公室内部使用。实在抱歉，巴雷特先生。"

我一时气不过，真忍不住想请哈罗德·拜伊来帮我偷偷听他们的电话。后来我自然还是打消了这个念头。不过我当时那种气极无奈的心情，由此也就可见一斑了。

我甚至还想入非非，打算找个由头，去查查"二十一点"饭店所有的挂账顾客户头。因为我去问过德米特里前些天跟我在一起吃饭的那位女客姓甚名谁，这德米特里一副神气竟像得了健忘症似的，没有鬼才怪呢。

不用说得，宾宁代尔公司我也去打听了。我编造了一个离奇的故事，说是有个老太遗下了一笔财产，要找她的侄女继承，到那里一问之下，发现他们那里倒真有三个雇员是姓纳什的。我就逐个去核对。

我首先在女鞋部找到了一位叫普里西拉·纳什的。这是位很和气的大娘，在公司里已经工作了四十年以上。她终身未嫁，眼下在这世上总共只有一个亲人，叫汉克叔叔，远在佐治亚，另外也总共只有一个朋友，那是一只名叫阿迦门农①的猫

---

① 阿迦门农原是希腊神话中迈锡尼国王的名字，因系特洛伊战争中希腊联军的统帅而知名。

奥利弗的故事

儿。为了了解这些情况我花了八十七块钱。我不得不买了一双皮鞋,"好送给我的姐姐作生日礼物",这才得以跟这位纳什小姐聊了会儿家常。(我事前问清了阿妮塔的皮鞋尺码;谁知送了她这件礼物,反倒引得她越发疑神疑鬼了。)

其次再去"宾氏名士世界",到他们的新潮男装部,找到了柜上的埃尔维·纳什小姐。只见这位小姐冲我一声"哈罗",一派迷人的娇态连同一股时髦的气息扑面而来。这第二位纳什是个黑人姑娘,长得可美了。她嫣然一笑:"今天又打算添办些什么啦,您哪?"哎呀,我还真添办些什么呢!

埃尔维·纳什小姐向我一力推荐:衬衫加毛衣的"两件套"当前可流行啦。还没等我的脑子反应过来,六套"两件套"早已塞到了我的手里。只听她哗啦啦把现金机一揿,信不信由你,三百挂零的货款已经登了账啦。"这一来那班靓妞还会放过你啊?你这一副气派甭提有多帅啦,"埃尔维小姐临了还这么说来着。我出来的时候人也好像精神了点。可惜的是,人还是没有找到啊。

去找第三位,也是最后一位,倒幸而免了我破费。这位纳什,大名叫罗德尼·P①,是个采购员,在欧洲出差,已经去了六个星期了。

"进展如何啊?"斯蒂夫见了我就问。他也真是了不起,一清早照样还是来跟我打网球。

"有个屁,"是我的回答。

---

① 罗德尼从名字上看得出是位男性。

而且痛苦的是我晚上还一再做恶梦。

我总是梦见结婚第一年我跟詹尼的那次不堪回首的大吵架。当时她劝我该去跟父亲见上一面,至少也该在电话里讲个和吧。使我至今感到悔恨不已的是我却冲着她大叫大骂。我当时真是发了疯了。詹尼吓得也不知逃到哪里去了。我急得奔东窜西,到处找她,把坎布里奇简直闹翻了天,却还是找不到她。最后惶惶不安地回到家里,却发现她原来坐在家门口的台阶上,等着呢。

我梦见的也就是这一幕幕,只是有一处不同:那就是詹尼却始终没有再露面。

在梦里我还是那样拚了命似的到处去找。我还是那样失魂落魄回到家里。可是詹尼却压根儿连个影子都没有。

其中的意思到底该怎样理解呢?

是我生怕失去詹尼呢?

还是我巴不得(!)失去詹尼呢?

伦敦医生提了个看法,他暗示我:最近是不是又发过火了?发过火以后是不是又去找过谁了?找的也许是另外一位女士?

是呀!我不是正在到处找玛西·纳什吗!

可是玛西又怎么跟詹尼扯得到一块儿呢?

扯得到一块儿才怪呢!

十八

三个星期过去了，我算是死了心了。这位玛西某某（天知道她到底姓什么）是不会打电话来的了。说实在的，事情又怎么能怪她呢？可是这三个星期来打网球加跑步的"固定节目"，累得我都快要垮了。更何况我又成天总是那样心神不定，指头叩不停的桌子，左等右等总是等不到那电话。我就是能坐下来办一点公事，自然也是办得不知所云。总之样样都变得一团乌糟了。不变的只有我的心境，那可本来就已经糟透了。这个局面不加制止怎么行呢。因此就在恶狼饭店"大血战"三周纪念的那天，我暗暗下了决心：好了，本案到此结束。明天我就一切恢复正常。为了纪念这个可以大书特书的时刻，我决定那天下午放我自己半天假。

"奥利弗，万一有事要找你的话我到哪儿去找你呢？"阿妮塔问。这些天来我老是问她有没有电话，问个没完，问得又离奇，而电话却始终不来，连她也差点儿要发疯了。

"谁还会来找我呢，"我说完，就离开办公室走了。

我离了办公室向家里走去，从现在起我可以不再受幻觉的作弄了。我本来总恍恍惚惚觉得似乎看见玛西就在前头。结果当然是错认了人，虽然也是个细高挑儿的金发女郎，却不是那一位。有一次我还看到了一个手提网球拍的。当时我奔得真像飞一样（我那时劲头还挺足哩），可跑过去一看却又错了。又是一位"准玛西"。纽约城里多的就是跟她简直难分彼此的"仿玛西"。

到了五十几号街了，前边就是宾宁代尔百货公司了，于是我就调整好心态，要像三星期前没有走火入魔时那样，从公司前面走过去。要漠然无动于衷。脑子里要想些诸如法院判例之类严肃的问题，或者就想想晚饭点些什么菜来吃。再也不要花冤枉钱去搞实地侦察了，再也不要一个部门一个部门的踏遍了公司去寻访，妄想在网球用品部或者妇女内衣用品部也许能惊鸿一瞥，发现玛西的身影了。现在我只要看一眼大橱窗里陈列些什么商品，只管大步走过去就是了。

咦！我最近还看过呢——说确切些，是昨天才看过呢——可今天橱窗里就有了新花样了。里边陈列的一样新产品，引起了我的注意：本公司独家经销——意大利刚刚运到。埃米利奥·阿斯卡雷利最新设计。

橱窗里那个木头模特活像个耶鲁生，笔挺的肩膀上套着一件开司米毛线衫。是全黑的。胸前绣着阿尔法·罗密欧的字样。不过橱窗里广告上声称此项独家经销的产品还只刚刚运到，那就是瞎吹了。鄙人一到，这谎言马上可以拆穿。因为说来也巧（也可能未必是巧合吧），此刻我身上正好就穿着这么件毛线衫。我可是几星期前就拿到了。确切些说，是三个星期前。

终于有了一条可靠的线索了！一定是经管外货进口的那一

奥利弗的故事

位或卖或送,先给了玛西一件。这一下我就可以直捣她的大本营,把身上的证据一亮,要他们马上说出她的下落来,水落石出立时可待。

可是,且慢,奥利弗。你说过走火入魔已成过去,说得对呀。还是走吧。开司米一案已经了结,还管它开司米呢!

过不了几分钟,我便已到了家里,因为打算过会儿要到公园里去跑步,所以就在一大堆运动衫裤里大翻而特翻。最后其他都找到了合意的,只剩袜子,找到了三四双干净的(只能说比较而言还算干净吧),得从中挑一双穿,不想就在这时候电话铃响了。

让它去响吧。人家正有要紧事呢。

铃声却响个不停。大概阿妮塔又接到华盛顿的什么电话了,尽是鸡毛蒜皮的事!

我就拎起电话,打算回掉算了。

"巴雷特不在!"我大吼了一声。

"是吗?难道又到太空里找他的当事人去了?"

原来是玛西!

"嘿嘿……"(看你好口才!)

"你在干什么呀,奥利弗?"她说,一副曼声柔气。

"我正打算到中央公园去跑步呢,"我说。

"这真是太不巧了。我倒是很想跟你一块儿去跑。可我今天早上已经跑过了。"

啊,怪不得近一个时期来总不见她下午来跑步。

我"哦"了一声，赶紧又补上一句："那真是太不巧了。"

"我刚才给你办公室里打过电话，本想问你吃过了午饭没有。可既然你要去跑步……"

"别，别，"我赶紧说道。"我肚子倒也有点饿呢。"

沉默了片刻。

"那就好，"她说。

"我们在哪儿碰头呢？"我问。

"你来接我好不好？"

什么？我真不敢相信自己的耳朵了。

"你在哪儿呀，玛西。"

"在宾宁代尔公司。顶层的公司办公室。你就说你找……"

"好嘞。一言为定啦。什么时候呢？"

"不用急。看你方便好了。反正我等着。"

"一言为定。"

两个人同时挂上了电话。

我一时举棋不定：是马上就赶去呢？还是且别性急，先洗个澡，刮个脸？

折中的办法是：梳洗归梳洗，完了不妨再招辆出租车，好把损失的时间补回来。

不出十五分钟，我就又来到了宾宁代尔公司。

我起初就想快步奔上楼梯，可是再一转念，出防火门而登公司办公室未免有失风度吧。因此我就乘了电梯，直达顶层。

一到顶层,我十足就像进了个天堂。面前的地毯有如好大一片没有人践踏过的沙滩——而且也就有那么柔软。上岸处坐着一位女秘书。女秘书身后是美国。我的意思是说,是一幅美国地图,上面有许多小小的旗子,表明哪些地方已经建立了宾宁代尔公司的地盘。

"请问先生有什么事吗?"那女秘书问。

"呃……有点儿事。我姓巴雷特……"

"原来是先生。先生是要找玛西,"她马上接口说。

"呃……对。"

"请顺着那边的走廊过去,"她说,"一直走到底就是。我给你先通报一下。"

我就赶快转到那条走廊上,一到那里马上暗暗叮嘱自己:千万得悠着点儿。得慢慢儿走,可不能跑。要走得愈慢愈好。(我只巴不得我的心跳也能减慢下来。)

这走廊真像个隧道,装饰华美,又密不通风。到底有完没完哪?不管怎么说吧,反正一路走过去,那一个个房间的主人看来都不是些小人物。

首先经过的是威廉·阿什沃思的办公室(商品部总经理)。

接下去是阿诺德·H·森德尔,财务主管。

再接下去是小斯蒂芬·尼科尔斯,第一副总裁。

走廊终于到了尽头,面前一下子开阔起来。原来这里还有好大一个地方,只见眼前坐着两个秘书。

我走过去时,秘书身后一扇门打开了。

门口赫然就是她。

我站住了。

玛西对我瞧瞧，我也对她瞧瞧。我想不出有什么合适的话可说。

"请进吧，"她说（她的镇静功夫显然要胜我一筹）。

我就随她进去。里边的房间既宽敞又精致。

房间里却再没有一个人。

我到这时才领悟了她所以总是独自一人的道理。

最后还是她开了口。

"这三个星期不好受啊。"

"从生意上讲怕未必吧，"我回她说。"我为了来找你，就得在这儿买东西，买得我都倾家荡产啦。"

玛西微微一笑。

我想该表示个道歉的意思，就说："你瞧，事情都怪我：我也未免太冒失了点。"

"我火上加油也有责任，"她说。"我也有点故弄玄虚的味道。"

可是如今谜已经解开，故弄的玄虚也都一笔勾销了。

"其实你根本不是宾宁代尔公司的工作人员，"我说。"应该说公司的人员都是为你工作的。"

她点点头。似乎有点不好意思。

"我实在应该早些告诉你，"玛西说。

"也没什么。我现在都明白了。"她一听，似乎大大松了口气。

"嗨，玛西，其实你不知道，对这种怪病我才了解呢。做了个有钱人,心里总有那么个鬼钉着你问:'他们喜欢我,是喜欢我的人呢,还是喜欢我的钱?'这个声音你是不是听得挺耳熟的?"

我拿眼瞅着她。

"有那么点儿,"她说。

我心里很想再说上几句。比方说,哎哟你实在太美了。看你多机灵啊。你身上真有千百种好处,谁见了都会倾心的。诸如此类。可是我说不出口。现在还说不出口。

不过总得有人采取点主动吧。因此我就当仁不让了。

"我们出去遛遛吧,"我说。

她点点头,在她办公桌的顶上面一只抽屉里翻了一阵,找出一把钥匙来,扔给了我。

"就停在楼下,"她说。

"你真让我开?"我吃了一惊,当然心里是挺乐意的。她笑了笑,点点头表示是这意思。

"不过你可得多留神哪。我这辆玩意儿跟你那辆一样娇气。"

十九

好几年前我依稀曾在报纸上看到过一条消息。说是宾宁代尔公司的创始人沃尔特·宾宁代尔突然去世了。他创建的那个分支机构遍及全国十一大城市的巨大企业就传给了一个女儿。说来也真有意思,他的女儿当时竟还是一个嫩妞儿。

这个小女孩原先有过一个哥哥。不过赛车迷们应当还记得,1965年那个人称"阿宾"的赛车手宾宁代尔在赞德沃特①的一次赛车中,超过布瓦塞领先了才几秒钟,车子就一头冲出了车道,撞得车毁人亡。这样玛西就成了唯一的继承人。当时消息灵通的新闻报道预计,小姑娘一定会把这批连锁商店尽早脱手,大富人家的小姐继承了亿万家财,哪有放着舒舒服服的日子不过的道理呢。可是结果却相反,这位二十四岁的小姐倒宁愿冒险下海大干一番,把老爸的事业全部接了过来。

那些行家暗暗冷笑。由这么个黄毛丫头来"当家",这家连锁公司会不立时垮台才怪。可是公司却没有这么快栽跟斗。两年以后,宾宁代尔公司计划把业务扩展到西部。同业中人又认为那是小孩子家干蠢事而嗤之以鼻。等到公司的第十七个分号在洛杉矶开张时,公司的资金总额已经翻了一番了。也许这是蠢人自有蠢人福吧,不过那些行家现在的笑已经不是冷笑,而是见了她笑脸相迎了。

我有时也在报上看到宾宁代尔公司资产扩展的一些简短报道。报道里就是偶一提到她的名字，对这位总裁也决不张扬。报上从来不登她的照片。社交版上也从不宣扬她的社会活动。"名人动态"栏目里没有刊登过她的结婚消息。更没有哪家报纸报道过她的离婚新闻。全国都数得着的豪富人家姑娘，要做到这样默默无闻是几乎不可能的。更何况她又是这样亮丽的一位金发美人。所以此刻我听说玛西特地聘请了一家机构替她挡去报界的纠缠，也就一点都不觉得奇怪了。

这个小小的秘密，还有其他一些有趣的花絮，都是我开着她的奶白色"梅塞德斯"沿梅里特高速公路北上的途中她告诉我的。是我先使用她的汽车电话告诉伦敦医生我今天不去看病了。她随即也打电话到办公室里，说"我下午的约会一律取消"（就这样直截了当，一个多余的字都没有）。最后我干脆连电话插头都拔了出来。

我这样任意"损毁"她的私产，玛西看着却只是笑笑，不以为意。

"也不明白是什么原因，奥利弗，我就是喜欢你。可是你太冲动，冲动得让人受不了。"

"你自己也不见得就让人受得了，"我顶她一句。"你想想呀，你只要在跑步的时候老老实实告诉我：'我姓宾宁代尔，'我们之间就可以省去多少麻烦。我听了管保会对你说：'那又有什么？你的姓还不如你的人迷人呢。'"

---

① 在荷兰。

她眼睛一亮,那种闪光说明她相信我并没有说假话。

"我说,奥利弗,我也知道自己有点多疑。可你也别忘了,我蒙受过创伤。"

"你那位夫君到底干了什么了?"

"你是问他对我?还是对别的姑娘?请说得具体些。"

"那你就说说,他眼下怎么样了?"

"他啥也不干了。"

"啥也不干了?"

"嗯……可以这么说吧:他现在反正就过得挺……挺'安生'了。"她的口气很怪。那话里的意思可绝对不是我原来料想的那种意思。

"玛西呀,你的言下之意该不是说你还不得不给了他……一大笔钱吧。"

"什么话呢,"她说,"不是言下之意。我说得很明白就是这么个意思。离了婚,他现在可有钱啦。"

我倒吃了一大惊。玛西这样超凡出众的人物,怎么也会吃那样的哑巴亏?

我没有问。她的意思分明是很想要我听她说。

"是这样的,"她说,"当时我正念大四,头脑里正充满了幻想,也不知道自己的前途到底该怎样安排。就在这时候,忽然像变戏法似的,也不知从哪里来了这么个英俊潇洒的青年,身上真有一股说不出的魅力……"

她把他说得这样相貌非凡,但愿不是言过其实才好。

"……他给我说了好多好多,我只觉得句句都听得入耳。"说到这里她顿了一下。

"我真是个孩子,"她说。"谁能相信,我居然就会这样恋爱上了。"

"后来呢?"

"当时爸爸还没有死心,他还希望阿宾能脱下他的防护帽,到公司里来跟他一起干。可是我哥哥就是那个脾气,你要他往东他就愈是要加快了脚步往西跑。所以我带上我那个看去一表人才的男朋友突然出现在爸爸的眼前时,爸爸真是喜出望外了。在他的眼里迈克尔就是基督再生,爱因斯坦第二——只是头发短了点罢了!说老实话,当时我即使心里觉得迈克尔只怕未必真是那么个尽善尽美的人,我也已经是要怀疑都不敢怀疑了。总之可以这么说吧,我给爸爸找来了这么一个了不得的二儿子,爸爸真是把我爱到了无以复加。在婚礼上我看他真恨不得也站出来说一声'我愿意'呢。"

"可阿宾的反应又是怎么样呢?"

"唉,一见面就别扭。两个人是你讨厌我,我也讨厌你。阿宾几次三番对我说,迈克尔'你别看他杰普雷①的精品服穿得笔挺,其实骨子里是一条斑条鲆②'。"

"这话后来想必就应验了吧。"

"嗳,这话就说得有点冤枉人家了。不是冤枉了他,倒是冤枉了斑条鲆。"

---

① 纽约的一家高级男式时装店。
② (鲆),一种海鱼,性凶猛,肉食性。

她这句苦涩的玩笑话显然不是第一次说了。可是话出了口,眼前的气氛却并没有因此而活跃起来,倒是更沉重了。

"可你们最后到底是为了什么事分手的呢?"我问。

"迈克尔不喜欢我哪。"

玛西故意装得好像这也没有什么可伤心的。

"具体说呢?"

"我想他也看得很清楚,尽管爸爸喜欢他,可是只要有朝一日阿宾一来,这老板就得由阿宾来当。迈克尔却天生不是个肯代人当替补的,所以他就索性认输退出了。"

"太可惜了,"我还想插一句俏皮话。

"是啊。他要是能再等上五个月就好了……"她的故事到这里就讲完了。连点评也没有了。甚至也没有说一句但愿迈克尔·纳什没有好下场之类的气话。

我也不知道说些什么好(难道能对她说"哎呀,真是太不幸了,你让人给甩了"?)因此我就只管开我的车。八轨音带正放的是一支琼·贝兹①的歌。

这时候我突然灵机一动。

"嗨,玛西,你又凭什么认为我不会是那种人呢?"

"能凭什么呢?只能但愿如此了吧。"

说着她轻轻按了按我的胳膊,那指头到处,连我的脊梁上都感受到了一阵无比的快意。看这局面进展很快,单纯的灵的阶段已快要过去。还是痛痛快快来个"倒豆子"吧。

---

① 一个摇滚歌星。

奥利弗的故事

"玛西呀,你有没有想到过我的姓?"

"没有啊。我要想这个干吗?"可是她随即就悟出了其中的道理。

"巴雷特……就是开那家投资银行的?开了好些纱厂的?那就是你们家?"

"只能说有一点关系吧,"我说。"老板是我父亲。"

我们坐在车里好半晌没有作声。后来她才轻声说道:"我本来倒不知道。"说老实话,我听了心里倒一轻松。

车子一直往前开,进入了新英格兰的地界,这时四野早已像张上了黑丝绒一样。

倒不是我还不想找个地方停下。我只是想找一个能一洗世俗之气的好地方。

"我想我们得弄堆火来烤烤了,玛西。"

"好呀,奥利弗。"

一直开到佛蒙特州境内,才找到了一个绝顶理想的环境。那个地方有个招牌,叫"阿布纳叔叔的小屋"。位于一个叫凯纳伍基的小湖边上。十六块半一夜,柴火的费用包括在内。要吃饭的话就近便有一家村野小酒店,大路那头就是。店名叫"霍华德·约翰逊记"。

就这样,在炉边的一宵缱绻之前,我带上玛西先到"霍华德·约翰逊记"去美美地吃了一顿。

我们一边吃饭,一边就各自诉说自己童年的境遇。

先是我不嫌其烦地给她讲我小时候对父亲又是钦佩又是不服的那种心理。接下来轮到她,她给我唱的竟也是这支歌,只是唱的是第二声部。她说她生活中的一举一动都是对她那了不起的爸爸的一种挑战,至少也都是特意做给他看的吧。

"说老实话,一直要到哥哥去世以后,爸爸的眼睛里似乎才有了我。"

我们就像两个演员,各自演了一台《哈姆莱特》,此刻就在各自分析自己的演出。不过使我惊奇的是,玛西扮演的却并不是奥菲莉亚。她也跟我一样,扮演了那位"忧郁王子"的角色。我本来总以为女性要找竞争的对立面,总会找上自己的母亲。可是在这个问题上,她却一次也没有提起过妈妈。

"你小时候有母亲吧?"我问。

"有,"她说,却没带一丝感情。

"她还健在?"我问。

她点了点头。

"她跟爸爸在1956年就分手了。她没有要我。她嫁了圣迭戈的一个房地产开发商。"

"你后来见过她吗?"

"我举行婚礼的时候她也来了。"

玛西脸上虽然带着一丝浅浅的笑,我却不信她心里会没有一点疙瘩。

"对不起,我不该问。"

"反正你不问我也会告诉你的,"她说。"现在该你说啦。"

"说什么?"

"你过去干过什么要不得的坏事,快说些我听听。"我想了一下,就向她坦白了:

"我过去是个冰球运动员,打球可野蛮了。"

"真的?"玛西眼睛一亮。

"嗯嗯。"

"说详细些我听听,奥利弗。"

她是真的想听。我说了半个小时,她还缠住了我没完,要我讲冰球场上的故事。

这时我却用手在她的嘴上轻轻一掩。

"明天再讲吧,玛西,"我说。

我付账的时候,她说:"嗨,奥利弗,我从来没有一顿饭吃得这样美的。"可是我总觉得她指的不会是那通心面,也不会是那"火烧"冰淇淋。

后来我们就手拉着手一路而行,回"阿布纳叔叔的小屋"里来。

于是我们就生起了一炉火。

于是在相互的曲意体贴下,原先怯生生的双方都不那么怯生生了。

夜深了,不自然的心理也大大解除了,于是功德也就圆满了。

我们也就相拥入了睡乡。

玛西到天亮才醒。我可早已溜了出来,正坐在湖边看日出呢。玛西披着外套,蓬松着头发,挨到我身边来坐下,尽管四处没有一个人,她还是把话音压得低低的。

"心里不痛快吗?"

"很好啊,"我赶忙回答,伸出手去抓住了她的手。可是自己也知道我那眼神、那口气,都透露出一丝伤感。

"你觉得心里有点……不安是吧,奥利弗?"

我点点头,表示是有那么点儿。

"是因为你想起了……詹尼,是不是?"

"不,"我说着,抬眼向湖面上望去。"是因为我偏偏会没有想起她。"

还是不谈下去吧,我们就站起身来,转身回去,好到"霍华德·约翰逊记"去,饱饱地吃上一顿早饭。

二十

"你的心情如何呀?"

"天哪,你还看不出来?"

我像个傻子般的只知咧着嘴笑。凭这个"症状"他伦敦医生还会下不了我"心里快活"的诊断结论?——难道真要我满诊所跳起芭蕾舞来不成?

"用医学上的术语我说不上来。你们的医学上好像就是没有表示心里欢喜的专门名词。"

对方还是没有应声。这位伦敦医生难道连一声最起码的"祝贺你"都不会说?

"大夫啊,我兴奋得简直在飘了!就像国庆日的国旗那样在哗啦啦地飘!"

当然我也知道,就是说上两句,其实也无非是老生常谈。可是老天爷呀,我心里实在太兴奋了,我真憋不住想跟人研讨研讨。就算谈不上研讨,让我说上一通得意得意也是好的呀。我经过了长年累月的麻木之后,如今总算有了一些像是所谓人的感情了。这意思我该怎么表达,才能让一个精神病专家医生领会呢?

"你瞧,大夫,我们俩彼此都喜欢上了。我们之间有一种感情关系在形成了。过去的石头人身上如今热血在流动了。"

"这些还只是个引子，"伦敦医生这才开了口。

"不，实质问题就已经在这儿了，"我还是固执己见。"你难道还不理解我心里的那个快乐吗？"

出现了一阵沉默。为什么我先前的痛苦他那么容易理解，如今我心情愉快，他却似乎就漠然无动于衷了呢？我愣愣地对他直瞅，想向他讨一个答案。

他只扔过来一句话："明天五点再谈吧。"

我腾地跳起来往外就跑。

那天我们是七点三刻离开佛蒙特的，中途停了两次，好喝杯咖啡，加加油，亲亲嘴，十一点半便到了她那巴洛克风格①的宛如城堡一般的家。有个看门人来把车接了过去。我一把抓住她的手，把她紧紧揽在怀里。

"有人看着哪！"她反对了。可也没想使劲挣脱。

"这是纽约。谁会来管这号屁事。"

我们就亲吻了。一如我所料，偌大的纽约根本没有一个人来管我们。除了我们自己。

"我们吃午饭的时候再碰头吧，"我说。

"可现在已经该吃午饭啦。"

"那太好了。我们是准点到。"

"我还有件事得去料理，"玛西说。

---

① 巴洛克式的建筑风格，流行于17至18世纪中叶的欧洲和拉丁美洲。特点是姿态夸张，追求豪华，营造一种神秘的气氛。

"急什么——你们老板跟我可好着哩。"

"可你就没有公事啦?你大律师外出了,民权靠谁去捍卫啊?"

哈!她想在这儿等着我哪?休想!

"玛西呀,我在这儿追求幸福,这就是在行使我的基本权利。"

"可也不能在街上干呀。"

"那我们到楼上去……喝一杯阿华田①。"

"巴雷特先生,你赶快给我回去上你的班,该打官司就打官司,该干什么就干什么,回头再来吃晚饭。"

"什么时候?"我迫不及待地问。

"到吃晚饭的时候呗!"她说着就想往里走。可是我抓住了她的手不放。

"我肚子饿了。"

"肚子饿了也要等到九点。"

"六点半吧,"我还她一个价。

"八点半,"她自己削价了。

"七点,"我还是步步为营。

"八点,不能再早了。"

"你讨价还价的手段真辣,"我嘴上虽还这么说她,实际已经表示同意了。

"我向来就是个辣手婆娘,"她说完一笑,就飞快地钻进

---

① 一种类似麦乳精的冲饮饮料。阿华田是商标名。

了那巨大城堡的铁门。

一踏进办公大楼的电梯,我就呵欠连天了。我们总共才合了那么一会儿眼,那后果却到此时才见了颜色。而且我还弄得一身都是皱里巴结的。一次我趁我们停下来喝咖啡的时候,买了一把廉价剃刀,算是刮了下脸。可是自动售货机却没有衣服卖。所以我干过些什么好事,脸上身上一眼就看得出来,逃也逃不掉。

"啊,罗密欧先生来了,"阿妮塔嚷了起来。

是哪个混蛋都告诉她啦?

"你的毛线衫上不是明明绣着'阿尔法·罗密欧'几个字吗?我想这大概是你的名字吧。你肯定不是巴雷特先生。巴雷特先生总是天一亮就来上班的。"

"我今天睡过头了,"我辩了一句,就打算躲到我的套间里去。

"奥利弗,可要准备好啊,当心吓一跳哪。"

我站住了。

"怎么回事?"

"今天花店里派一支送花大军来过了。"

"什么?"

"你这么近还闻不出来?"

我走进套间,那本是我的办公室,如今却像在举行花展盛会。到处是一片花团锦簇。连我的办公桌如今都简直变成个……变成个玫瑰花坛了。

"哪家的小姐爱上你啦,"阿妮塔鼻子一吸一吸的,在门口嗅得正香呢。

"有卡片吗?"我问她,心里暗暗祈祷:可别叫她打开看过才好啊!

"在玫瑰花上放着呢——就在你的办公桌上,"她说。

我去拿过来一看:谢天谢地,信封是封好的,上面还写明了"亲启"二字。

"那信封的纸好厚呵,"阿妮塔说。"我对着亮光细细琢磨了半天,也没看出半个字来。"

"你吃午饭去吧,"我皮笑肉不笑地对她笑笑,打发她走。

"你这到底是怎么了,奥利弗?"她一边问一边还盯着我直打量。(我的衬衫是有点乱糟糟,但是还不至于有其他破绽。我自己检查过。)

"你这话怎么说,阿妮塔?"

"你今天怎么倒压根儿忘了来盯着我问:有没有电话?有没有电话?"

我再一次命令她:快吃饭去,要嬉皮笑脸到外边嬉皮笑脸去。别忘了出去的时候替我在门把手上挂上"请勿入内"的牌子。

"我们这里哪来这种牌子?你看看清楚,这里又不是汽车旅馆!"她说完就走,随手关上了门。

我拆信的时候差点儿把信封撕成了好几片。卡片上是这样写的:

也不知道你心爱的是什么花

可总不能让你失望吧。

爱你的
玛

我笑笑,一把抓起了电话。

"她正在开会呢。请留名,我好通报。"

"我是她的阿布纳叔叔,"我极力装出一副老大叔的口吻。等了一会,只听见咔哒一响,顿时就是一副老板腔出现在电话的那头。

"喂?"

是玛西,那声调好爽辣啊。

"怎么你说话的声调这么辣花花的?"

"我在跟西海岸的各位经理开会哪。"

啊哈,原来跟高层人士在一起。跟头头们在一起。是在他们的面前,难怪装得就像一台三门大冰箱似的。

"我一会儿再打电话给你吧,"玛西说,听得出她心里急得什么似的,就怕破坏了那冷若冰霜的形象。

"我三言两语就行,"我说。"真难为你送花的一片心意……"

"那就好,"她回答说。"我回头再跟你联系……"

"我还有一句话想说。我说你的玉腿真是妙不可言……"

突然咔哒一声。这婆娘,不等我说完就把电话挂断了。

我心里咯噔一下,只觉得昏昏沉沉,整个脑袋瓜子就像麻木了一样。

"他是不是死了?"

我迷迷糊糊的,渐渐恢复了一点知觉,听到人家说话也可以听懂一些了。那嗓音好像是巴里·波拉克——他是法学院上一届的毕业生,来本所工作还不久。

"他今天早上好像身体还挺好的。"

这是阿妮塔,俨然扮演了一个死者至亲好友的角色,大有要角逐奥斯卡金像奖的架势。

"他怎么会弄成这个样子的?"巴里问。

我挺了挺身子坐坐好。天哪,我竟趴在我的玫瑰花坛上睡着了!

"是你们啊,"我一边打呵欠一边含糊其辞招呼,只作趴在办公桌上睡午觉是我一向的老规矩。"下次进来可要先敲敲门啊,记住啦?"

"我们敲了呀,"巴里紧张了,"还敲了好一会儿呢。见你没有应声,我们才开门进来了,我们想你该不会……嗯,嗯……该不会有什么不舒服吧。"

"我没有什么不舒服,"我若无其事地轻轻拂去了衬衫上的花瓣,说。

"我给你弄点咖啡去,"阿妮塔说着就退了出去。

"有什么事啊,巴里?"我问。

"嗯……嗯……就是那个地方教育董事会的案子。案子……嗯……嗯……是安排由你跟我一起来准备的。"

"对呀,"我这才猛然想起这边另有一个世界,在这个世界里我可是当律师的。"我们不是约好个时间打算碰碰头研究一下吗?"

"是啊,约好是今天三点,"巴里手拿着文件翻来弄去,两脚左站也不是右站也不是。

"好吧,那就三点见。"

"呃……现在恐怕已经四点半了,"巴里一副诚惶诚恐之状,但愿这样准点报时不至于会惹我生气。

"四点半了?我的天哪!"我跳了起来。

"我已经做过一番研究了……"巴里以为碰头会已经开始,就管他说了起来。

"慢!嗨,巴里——这样吧,我们明天再碰头研究,好不好?"我说着就朝门口走去。

"几点呢?"

"由你说吧——明天上午我们首先就来办这个案子。"

"八点半可好?"

我犹豫了。按我上午原来的工作打算,这地方教育董事会的案子实在还排不上第一号。

"不行啊。我还得会见……一位公司经理呢。我们还是定在十点吧。"

"好。"

"还是十点半更合适,小巴。"

"好。"

我急匆匆往门外跑,听见他在暗暗嘟囔:"我倒真是做了不少研究呢。……"

  我提前到了医生那里,却又巴不得快走。伦敦医生今天跟我话不投机,而且,我还有要紧的事情得办。比如头发就得去理一下。衣服也得去衣柜里挑一套。对了,今天要不要打领带去呢?

  还有,要不要把牙刷带上?

  糟糕,还是有两三个钟头得等。因此我就去中央公园跑步,好打发这段时间。

  而且也好从她家门前过。

二十一

公主的城堡有重兵把守,门禁森严。要想进去,首先得碰上守门大将军这一关,他盘查起来真是不厌其烦,一定要弄清楚你进王家领地可有正当理由。查明以后,才把你领进一个候见室,这里又有一个侍从人员,还配有一台交换机,他要来核实你一个卑微的平民百姓是否确实有事,需见王家的金枝玉叶。

"好了,巴雷特先生,"那个佩戴肩章的刻耳柏洛斯①说,"你可以进去了。"他这话的言外之意是:在他看来,我这算是审查合格了。

"多承关照,"我也照样回敬他一句。"是不是可以请再指点一下,去宾宁代尔府上怎么走?"

"穿过院子,走右边尽头那道门进去,乘电梯到顶层。"

"几号房间?"

"顶层就是一套房间,巴雷特先生。"

"谢谢,太麻烦你了。"(你这个摆臭架子的蠢货!)

顶层果然只有独门一扇,门上没有号码。也没有铜牌之类标明这里是哪位皇亲国戚的府上。我刚才路过转角时买得了鲜花一小束,既然手持鲜花,当然按门铃也得拿出一副温文尔雅的样子。

不一会儿,玛西来开了门。只见她一身绫罗,女人家在自己家里都爱穿这种玩意儿——只要她们有示巴女王②那样的财力。不过我倒还是喜欢她露在绫罗外的肌体。

"嗨呀,看你一副样子倒是熟不拘礼啊,"玛西说。

"一会儿等我登堂入室,我还要不客气哩,"我答道。

"何必还要等呢?"

我就不等了。我把一身绫罗的玛西摩挲了好一阵。这才把鲜花献到了她的跟前。

"我东也寻西也觅,总共才搜罗到了这么点儿,"我说。"也不知是哪个疯子,把全纽约的鲜花买得就剩这几朵了。"

玛西挽起我的胳膊,领我进屋。

门,过了一重又一重。

好大的地方哟,倒叫我感到很有些不安了。尽管一切家具陈设都极其高雅,无可挑剔,却总让人觉得样样都有过多之嫌。但是给人感触最深的,还是这地方实在太大了。

墙上挂的,不少就是我在哈佛念书时装点宿舍用的那些名画。当然挂在这里的就不是复制品了。

"你的藏画太精彩了,我非常欣赏,"我说。

"你的电话太逗了,我也非常欣赏,"她的回答巧妙地回避了问题:这算不算有意摆阔,也就可以压根儿不谈了。

---

① 希腊神话中守卫冥府大门的三首猛犬。
② 《圣经》中的人物。去见所罗门王时,带去金子珍宝不知其数。见《旧约·列王纪上》10章。

不知不觉，已经来到了一个大剧场般的厅堂里。

按照一般的说法，我看这个地方应当是归入起居室一类的，只是大到这样，也实在太令人咋舌了。那天花板少说也有二十来英尺高。好大的窗子，望出去下面便是中央公园。我忙着欣赏窗外的景色，也就顾不上对这里的画作出应有的评价了。不过我注意到这里有一些画是超现实主义的作品。对这些作品我的观感如何，也就一样不及细说了。

玛西见我神态不大自在，来了劲了。

"地方虽小了点，可到底是自己的家啊，"她调皮地说。

"哎呀，玛西，这里连个网球场也安得下了。"

"好啊，"她回答说，"只要你肯陪我打，我就拿这里做网球场。"

这么个大厅，就是走一遍都还得花上好大工夫呢。我们的脚走在镶木地板上橐橐有声，一派立体声的效果。

"前面这是哪儿了？"我问。"到宾夕法尼亚了？"

"是个更惬意的好地方，"她说着在我的胳膊上使劲捏了一把。

一会儿以后，我们便来到了书房里。壁炉里火光熊熊。酒，已经替我们摆好在那儿了。

"来干一杯？"她问。

我举起了酒杯，说："为玛西的玉腿干杯。"

"不好！"玛西没有批准。

我就换了个名目："为玛西的双峰干杯。"

"去你的，"又给她否决了。

奥利弗的故事

"好吧,那就为玛西的脑瓜子干杯……"

"这才像句话。"

"……因为她的脑瓜子跟她的双峰加玉腿一样惹人喜爱。"

"你尽说粗话,"她说。

"真是对不起得很,"我倒是一片真心向她谢罪了。"今后保证决不再犯。"

"请别,奥利弗,"她说,"请千万别。我又不是不喜欢。"

于是祝酒辞就没有再改,我们干了这一杯。

几杯酒一下肚,我就不知天高地厚,居然对她的家品头论足、说三道四起来。

"嗨,玛西,我说像你这样一个生龙活虎的人,住在这么个陵墓般的大套房里你怎么受得了的?我家的房子虽说也大而无当,可我至少还有草坪可以去玩。而你呢,你这里却除了房间还是房间。尽是老得都有了霉味的房间。"

她只是耸耸肩膀。

"你当初跟迈克尔住在哪儿?"我问。

"公园大道的一套复式公寓里。"

"现在那就归他了?"

她点点头表示没错,随即却又补上一句:"不过我的跑鞋算是讨了回来。"

"好大方,"我说,"这样你就搬回你老爸家来住了?"

"对不起,博士,我还不至于这么昏。我离婚以后,我父亲倒是很有眼光，他派我到老远的分公司去工作。于是我就像没命一样的干。可以这么说吧，我这一方面是在学做买卖，可另一方面也是在治疗心灵上的创伤。没想到父亲突然去世了。我回来替他办理丧事，就在这儿住了下来。我当时心里是有主意的：就暂时住一下。我何尝不知道这个老家是应该收摊儿了。可是每天早上我只要一坐到父亲原先的那张办公桌跟前，就自有一种遗传的反应会使我变了主意，觉得自己还是得……回老家来。"

"纵然老家一点也不简陋①，"我给她添上一句。说完我就站起身来，走到她的椅子旁边，把手按到了她的冰肌玉骨上。

我的手刚一触到她的肌肤，眼前就冷不防闪出了一个鬼来！

是鬼也罢是怪也罢，反正出现在眼前的是个一大把年纪的干瘪丑老太婆模样，从上到下一身黑，只有那领子花边是白的，另外腰里还系了一条围裙。

这个鬼物还会说话哩。

"我敲过门了，"她说。

我忙不迭地把手尽往袖子里缩，玛西却回答得若无其事："什么事啊，米尔德里德？"

"晚饭好了，"那丑老太婆说完，转眼就又没影了。玛西

---

① 传统老歌《可爱的家庭》里有一句"纵然老家多简陋"，此处奥利弗反其意而用之。

奥利弗的故事 | 145

对我笑笑。

我也对她笑笑。

因为,尽管我处在这么个奇特的环境里,我心里的那份愉快还是很不平常的。不说别的,光是此时此刻能有……另一个人跟我这样亲近,就已经够令我愉快的了。原来我早已忘了:贴近了另一个人的心脏的搏动,就能引起我那么强烈的共鸣!

"你饿了吗,奥利弗?"

"等我们到了饭厅,保证我的胃口早已大开。"于是我们就去吃饭。又经过了一道走廊,穿过了未来的网球场,这才来到了红木水晶交相辉映的饭厅里。

"先给你打个招呼,"我们在那张好大的餐桌前一坐下,玛西就说,"今天的菜倒都是我自己安排的,不过下厨做,就请人代劳了。"

"你是说由厨子做吧。"

"是这意思。做家务事我是不大擅长的,奥利弗。"

"玛西,你大可不必担心。我前一阵的伙食,老实说比阿尔波罐头狗食也好不到哪里去。"

今天这顿晚饭,处处都跟昨天晚上不一样。

论菜,今天当然要考究多了,可是两个人的谈话,比起昨天来却差了十万八千里。

"哎呀,维希冷汤味道好极了……是威灵顿牛肉饼啊……啊,是59年的玛尔戈红葡萄酒……这苏法莱①真是妙不

---

① 蛋奶酥一类的点心或菜肴。

可言。"

我的即席发挥就是如此而已。此外便是埋头闷吃了。

"奥利弗,你今天好像不大说话。"

"如许人间美味当前,我实在是无话可说了,"我答道。

她意识到我说的是反话。

"是不是我弄得太多了?"她说。

"玛西,你又何必这样多心呢。说实在的,我们吃些什么我倒觉得那无所谓。只要我们两个人能在一起吃饭,这就行了嘛。"

"对,"她说。

不过我看得出来,她觉得我的话里有批评她的意思。我的话里恐怕也确实有些批评她的意思。不过我倒不是存心要败她的兴。现在我倒有些后悔了,也许我的话弄得她心里很不痛快呢。

反正我就找了些话来安慰安慰她。

"哎哟——玛西,你别多虑哪,我不是有什么意见。真的没什么。我只是见了这种派头,就想起了自己的家。"

"你不是不稀罕自己的家吗?"

"谁告诉你的?"

"你自己告诉我的呀。不就是昨天告诉我的吗?"

"啊,对了。"

这一切我大概都丢在那小饭店里,忘了带走了。(那真是才一天前的事?)

"哎,请你听我说一句,"我说。"如果我刚才惹你生了气,我向你道歉。也不知怎么,我父母摆这种派头吃饭,我见了会觉得心里不好过。不过,是你的话,我看着就觉得挺……挺风雅的。"

"你这是真心话?"

回答这个问题,就得有些外交手腕才行了。

"不是,"我这才是说了真心话。

"其实我也并没有觉得心里有什么不痛快,"她说,其实她的心里显然很不痛快。"我那也无非是想摆个气派给你看看的。这样的饭我也不是常吃的。"

我听了这话才放下了心。

"那么,大概几天一次呢?"

"总共才两次,"她说。

"一个星期两次?"

"自我父亲死后,总共才这么两次。"(她父亲是六年前去世的。)

我问得后悔极了。

"我们换个地方去喝点咖啡好吗?"女主人问。

"可以由我来挑个地方吗?"我这句话里含着无穷的话。

"不行,"玛西说。"在我的管辖范围内你得听我的。"

我只得遵命。于是又回到了书房里。咖啡已经摆好在那儿,不知隐藏在哪儿的音响设备送来了一阵阵莫扎特的音乐。

"你在这儿当真只请过两次客?"我问。

她点点头表示是。"两次都是为了买卖上的事。"

"那你的社交生活呢?"我又问,想表现出关心体贴。

"近来倒还可以,"她答道。

"不,玛西,我跟你说正经的,这纽约的夜生活请问你一般是怎么过的?"

"这个嘛,"她说,"说起来也蛮够味的。我回得家来,要是外边天还没有黑,我就去跑步。跑完步再回来工作。我这家里的办公室有分机连着公司的电话总机,所以我就趁这个工夫跟加利福尼亚方面通话……"

"一定要忙到十二点以后吧。"

"也不一定。"

"这以后呢?"

"忙完了工作就玩。"

"啊哈!这意思就是说……?"

"比方说,喝喝姜汁汽水,吃吃三明治,有约翰尼作陪哪。"

"约翰尼?"(我这个人一起醋意就是掩饰不住。)

"就是卡森①呀。有他妙趣横生的谈话,陪我吃饭。"

"哦,原来如此!"心上一块石头落了地,我于是就又重新部署新的攻势。

"你除了工作就不干别的了吗?"

"马歇尔·麦克卢恩②说得好:'一旦整个人儿全部投

---

① 约翰尼·卡森(1925—2005),美国一位由喜剧演员改行的电视节目主持人,以口齿伶俐、出言诙谐、表情自然著称。
② 马歇尔·麦克卢恩(1911—1980),加拿大学者、传播理论家,特别强调电视等传播手段对社会的巨大影响。

入，就再无工作二字可言。'"

"他胡说八道，你也跟着他胡说八道。你错了，玛西。你自以为干得好投入，其实你不过是想以'工作'作为麻醉剂，好让自己忘了寂寞。"

"我的天哪，奥利弗！"她感到有些吃惊。"你对一个相识未久的人怎么会了解得这么深透？"

"这我哪儿能呢，"我回她说。"我那都是在说我自己。"

也真够奇怪的。对双方下一步的心意我们俩都是心照不宣的，可是我们却谁也不敢破坏了我们的这一场对话。最后我只好从几个小小的现实问题讲起。

"嗨，玛西，都十一点半了。"

"你是不是怕犯'宵禁'了，奥利弗？"

"我头上没有'宵禁令'。这个'禁'那个'忌'的，我一条都没有。比方说穿衣服吧，我就很无所谓。"

"你说我在电话上是羞于启齿呢，还是有些含糊其辞？"

"我看可以这么说吧，"我说，"你没有把话说得清澈见底，我也没有打算把我的帆布小衣包一起带来。"

玛西微微一笑。

"我那是故意的呢，"她坦白了。

"为什么？"

她站起身来，向我一伸手。

床上是一床的绸衬衫，总有不下一打吧。都是跟我一个尺码的。

"假如我想盘桓上一年呢?"我问。

"这话尽管听来好像有些奇怪,我的朋友,不过要是你有这个意思,我供应一年的衬衫绝对没有问题。"

"玛西?"

"嗯?"

"我倒是挺有……这个意思呢。"

我们这一宵真是恩爱备至,相形之下,昨天晚上就只能算是正式上演前的彩排了。

天也亮得实在太快了。大概才五点钟吧,玛西身旁的闹钟就已经在响起床号了。

"几点啦?"我哼哼着鼻子问。

"五点了,"玛西说。"快起来吧。"说着就来亲了亲我的前额。

"你疯了吗?"

"定好的呀,六点钟开始的场子。"

"什么'定'啊'开'的,又不开庭……"但是我随即就领会了她的意思。"你打算去打网球?"

"定好的球场,六点到八点。花了钱不去,有点可惜呢。……"

"嗨,我倒有个好主意。何必去打网球呢,我们就打这个球得了。"

"什么球啊?"我都已经在她身上动起手来了,玛西却还是傻姑娘一个。"打排球?"

"对,你愿意叫打排球,就算是打排球吧。"

不管叫打排球还是叫什么,反正她就顺着我的意思打了。

不同之处在浴室。

我一边洗淋浴,一边却在默默玩味:这沃尔特·宾宁代尔的公馆,跟我二老在马萨诸塞州伊普斯威奇镇的老家多弗庄,到底不同在哪里?

不在挂的那些画。因为我们家也有珍贵的名画。不过我们家发家致富年代比较久远,因而其藏品也都是上一两世纪的名作。家具陈设也大致相似。在我看来,古即是老;至于那些古玩摆设的年代特点等等,我是一窍不通的。

可是两家的浴间却大不一样!巴雷特家的浴间,表明了他们还离不开清教徒的传统:注重根本,讲究实用。只消白瓷砖一砌,简朴得很——可以说都有点斯巴达人的味道了。洗完澡便完事,自然也没有什么值得你流连半天的理由。可是宾宁代尔家却不一样。他们家的浴间,简直就是供罗马皇帝使用的。说得确切些,是供其创始者——现代的罗马王子王孙们使用的。居然想得出造这样的浴间!巴雷特家的人哪怕就是思想最最开明的,听说了这样的事管保也会忍不住义愤填膺!

镜子里,从开了一道狭狭的缝的门内,看得见卧房。

卧房里推进来一辆手推车。

推车的是米尔德里德。

车上装的是早餐。

等到我把面孔擦干净，玛西也已经在餐桌上坐好了——穿着那么件衣服，我相信她是不打算就这身打扮去上班的。我只是拿条毛巾一裹，就坐了下来。

"咖啡，火腿，蛋，请随意用吧。"

"我的天哪，你这不是开大饭店了吗？"

"你好像还是很有意见哪，巴雷特先生？"

"哪儿的话呢，我那都是开玩笑，"我一边在松饼上涂黄油，一边回她的话，"这地方太'稀罕'了，我倒真很想再来来。"我顿了一下，才又说："过三十年再来吧。"

她一脸不解的样子。

"玛西，"我说，"这个地方只有考古学家才感兴趣。屋子里尽是沉睡的恐龙啊。"

她对我瞅瞅。

"其实你真正需要的并不是这样的地方，"我说。

看她的脸色似乎有些动心了。

"我需要的是跟你在一起，"她说。

她的话说得一点都没有忸怩之态。也不像我这样，横一个比喻竖一个比喻。

"好吧，"我就这样应了一声，目的无非是想争取时间：下文该怎么说我心里都还没有一点谱哩。

"你打算什么时候走呢？"她问。

"今天就走，"我回答说。

玛西依然很沉得住气。

奥利弗的故事

"那就约个时间、地点吧。"

"五点钟在中央公园碰头吧。等在人工湖靠东边那头的入口处。"

"我带些什么呢?"她问。

"你的跑鞋呗,"是我的回答。

二十二

仿佛从三万英尺的高空摔下来,落到了地面上。我的气一下子不知都泄到哪儿去了。

"真受不了,"我对医生说。"你怎么事先也不提醒我一声呢?"

我原先欣喜若狂的心情,那天下午早已都化作了难以言表的怅惘。

"可是又没出什么岔子……"我话没说完,就意识到自己似乎有些语无伦次。"我是说,玛西一切都还是好好的。问题都出在我的身上。我只觉得心里咯噔一下:卡壳了。"

我停了一下。我没有说清楚我是在什么问题上卡了壳。

我心里是明白的。可是难以出口啊:

"把她带到我家,这事我实在干不出来。不知道你懂不懂我的意思。"

毛病又一次出在我做事太性急。我何必这样迫不及待,要玛西就离开她的家呢?我又何必要逼着双方立即作出这种……承诺的表示呢?

"也许我那只是出于自私的目的,想利用玛西来……填补那份空虚。"我想起了自己作出的这种假设。

"可也说不定还是詹尼的缘故。因为,虽说已经过了快两年了,我这样试一下恐怕也无可非议了吧,可是,要进我的家我的脑筋还是扭不过来!要弄个人进我的家,睡我的床,我的脑筋还是扭不过来!当然,讲究点现实的话,房子已经不是从前的房子了,床也已经不是从前的床了。从道理上讲,我心上不应该再有什么不安了。可是也真要命,我的心里却就是觉得过不去。"

你瞧,在我的感觉里,我这个"家"到今天还是我跟詹尼共同生活的地方。

说来也怪:人家都说结了婚的人做梦也在想打光棍有多痛快;我却是个怪人,我总是恍恍惚惚,以为自己家里还有个妻子。

有一点也起了作用,那就是我的家里还没有个人闯进来,我的床上还没有人来睡。也就是说,我那脑子里还自得其乐地,总保持着那么个幻觉,以为家里还有个跟我合享一切的人。

比如有时候我就会收到一两封转来的信,信封上的收信人姓名就是我们俩同列的。拉德克利夫学院还经常有信给她,要她给母校捐款。詹尼去世的消息我当时只告诉了一些朋友,对其他方面一概没去通知,要说有什么好处的话那就是好处。

我浴间里除了自己的牙刷另外还摆了一把,也只摆了这么一把,这就是詹尼·卡维累里的那把老牙刷。

所以你瞧,我只能:要么是对甲女不老实……

要么就是背叛乙女。

这时伦敦医生开口说话了。

"所以你就觉得左右不是人了。"

他总算明白了。可是真没想到,他这一明白,反而弄得事情愈加复杂了。

"难道就一定是非此即彼?"他借用了克尔恺郭尔^①的话来问我。"你的内心冲突难道就不可能有其他解释了?"

"怎么解释呢?"我实在想不出来。

冷场了片刻。

"你喜欢她嘛,"过会儿伦敦医生不动声色地点了我一下。

我细细一辨味。

"这'她'是指哪一个呢?"我问。"你没有说清楚啊。"

---

① 克尔恺郭尔(1813—1855),丹麦哲学家、神学家,存在主义先驱。他有一本著作就叫《非此即彼》。

二十三

玛西那头的约会就势必得推迟了。

巧起来就有这样的事,我跟她的碰头时间偏偏就约在下午五点。后来到办公室里一想,这跟我看精神病医生的时间不是正好冲突吗?因此我就打电话去商量,想略作调整。

"怎么回事——是想打退堂鼓了,我的朋友?"这一回她的办公室里没有在开会。她尽可以拿我逗弄了。

"我只要推迟一个钟点。才六十分钟!"

"靠得住吗?"玛西问。

"信不信就只能随你啦,你说是不?"

总之我们是只好在暮色苍茫中跑步了。好在这时有一湖碧水映出满城的辉煌灯火,景色是绝美的。

一旦跟她重见,我感到成天萦绕在心头的种种不安顿时就消散了很多。看她有多美呵!我怎么会这样健忘呢:看她有多美呵!我们亲吻过以后,就跑起步来。

"今天忙不忙?"我问。

"哎呀,还不是老一套的头痛事儿:有的货多得积压啦,有的货供应不上啦,运输上出了些什么小小的麻烦啦,什么自杀成风传得大家都谈虎色变啦。不过主要还是心里想你。"

我打了腹稿,想了一些话来说说。不过,无关痛痒的跑步闲话后来便难乎为继了，我免不了就把话头说到了我早先提出的那个问题上。如今她已经来了。两造都已到齐。她心里又是怎么想的呢？

"你难道一点都没有想过我们要去哪儿？"

"我想你心里总该有本谱吧，朋友。"

"带衣服了吗？"

"我们总不能就这样穿着田径服去吃晚饭吧？"

我很想知道她总共带了多少衣服。

"你的东西都在哪儿？"

"在我的车里。"她朝五号大道那边打了个手势。"总共才航空旅行袋一个。自己随身一提便可以上下飞机，就是那种。挺实用的。"

"随身一提可以想走就走。"

"对，"她说，只装没有听懂我的话中之意。我们又跑了一圈。

"我想好了，我们还是去我的家吧，"我故作随口说来的样子。

"好啊。"

"房子可不怎么大……"

"那没有什么。"

"……只是还得做饭……还得自己做饭。人嘛，就是你我两个。洗碗碟的苦差我包了。……"

"那好，"她应了一声。又跑了一百码，她终于打破了我们那个闷声不响跑步的局面。

奥利弗的故事 | 159

"可奥利弗呀,"她带着点儿发愁的口气对我说,"那做饭的苦差谁来担当呢?"

我对她瞅瞅。

"凭我这肚子里的感觉我辨得出来,你这不是在开玩笑。"

她果然不是在开玩笑。我们跑到最后一圈时,她把自己有多少烧饭做菜的本事对我亮了底。在这方面她的基本功等于零。当初她本也想去报名参加"名厨"烹饪学校好学点手艺,可是迈克尔坚决反对。说是要请个大师傅来烧顿把饭嘛,还不是随请随到?我一听倒暗暗有点得意。若论烧饭做菜,要做个意大利式面食、炒炒蛋、翻几个新鲜花样,我还是有一手的。这么说在她的面前我还是个老把式哩,厨房里的事可以由我来把着手教她了。

后来我们就坐了车去我家——坐车可要比走还花时间。中途我们停了一下,去华人饭馆里买些外卖菜。我决定不下挑哪几个菜好,一时倒煞费踌躇。

"怎么啦?"见我拿着菜单研究个没完,玛西就问。

"不好办。我倒真有点拿不定主意了。"

玛西说了声:"不就是吃顿饭嘛。"这话到底是不是有什么意思,或者是不是还有半句话没有说出来,那我就永远也解不开了。

我坐在自己家的起坐间里,捧着上星期的《纽约时报》星期刊想定下心来看看。浴间里此刻正有位女士在洗淋浴,我也只作没有什么稀罕的。

"嗨,"我听见她在喊,"这儿的毛巾都有点……气味啦。"

"是啊,"我说。

"你还有干净的没有?"

"没有啦,"我说。

半晌没有作声。

"就马马虎虎算了吧,"她说。

浴间里弥漫着一股女人的气息。我原以为自己洗个淋浴一会儿就得(我这浴间里除了一个蹩脚的莲蓬头就什么也没有了),可是这芬芳的气息却引得我流连不去。难道我是舍不得离开这让我感到心里踏实的一股暖流?

不错,我是个富于激情的人。而且又是个高度敏感的人。但是说来奇怪,今天晚上,此时此刻,尽管外边房间里有个女人正等着我一块儿去玩"过家家儿"的游戏,而且愿意什么都按我的古怪规矩去做,可我却说不出心头的滋味究竟是喜还是悲。

我只觉得心头有那么一股滋味。

玛西·宾宁代尔在我那个小厨房里,不会装会,打算把煤气灶点上火。

"你不拿火柴怎么点得着啊,"我被煤气呛得咳嗽起来,赶紧把窗子打开。"我点给你看。"

"对不起,朋友,"她也弄得尴尬极了。"到了你这儿我简直弄得手足无措了。"

我把买来的熟菜热好,取出几罐啤酒,又倒了一杯橘子汁。玛西在矮茶几上摆餐具。

"你这些刀叉是哪儿买来的?"她问。

"噢,不是一处买的。"

"我说呢。怎么一样也没有成双配对的。"

"我喜欢多一些花样。"(不错,成套的餐具我们是有过一套的。我怕触景生情,凡是当初两口子用的东西我全都收起来了。)

我们就席地而坐,吃起晚饭来。我内心紧张,表面上却还是尽量装得很自在。我真担心我屋里这简陋的陈设,加上光棍混日子的那一副邋遢相,会使我的客人禁不住怀念起她原先的生活来。

"这也不错了,"她说着,还来轻轻按了按我的手。"能放些音乐听听吗?"

"我这里没有设备啊。"(詹尼的立体声录放机我已经送掉了。)

"什么都没有吗?"

"只有收音机,我早上当闹钟用的。"

"让我听听 QXR 电台行不行?"她问。

我点点头,勉强一笑,玛西便站起身来。收音机放在床头。离我们席地而坐之处有约莫四五步路。我吃不准她会开了收音机就回来呢,还是要等我过去。她看得出我这份泄气劲儿吗?她可曾意识到我一片火热的激情早已化作了云烟?

冷不防电话铃响了。

玛西正好就站在电话跟前。

"我来接好不好,奥利弗?"

"有什么不好的?"

"也许是你心上的哪个小丫头呢,"她笑嘻嘻地说。

"你太高抬我了。哪会有这样的事。那你就听听看吧。"

她耸耸肩膀,就拿起电话来听了。

"你好。……是的,没错,是这个号码。……对。他在……你问我是谁?哎呀你问这个干什么?"

要命,这电话是谁打来的,居然盘问起人家家里的客人来了?我站起身来,铁板着脸一把抢过了电话。

"喂?你是哪位?"

对方先是没有作声,后来只听见一声:"恭喜你啦!"一个沙哑的嗓音开了腔。

"啊——是菲尔。"

"哎呀,感谢上帝!"好一个虔诚的卡维累里,一提上帝那嗓门就像打雷。

"你好吗,菲尔?"我只作若无其事地问。

他好像根本没有听见,只顾一个劲儿问他的。

"她长得好看吗?"

"你说谁呀,菲利普?"我故意冷冰冰回他一句。

"就是她呀,就是你那个她呀,刚才接电话的那个妞儿呀。"

"哦,是替我打杂的那个姑娘,"我说。

"晚上十点钟还在你那儿忙乎啊?得啦——别耍花枪啦。还是对我从实招来吧。"

"我说的是我的女秘书哪。阿妮塔你还记得吧——就是那个长着一头浓发的。我经手了一个地方教育董事会的案子,得让她替我做些笔录。"

"别哄我啦。那个女的要是阿妮塔,那我就是克兰斯顿的红衣主教啦。"

"菲尔,我这会儿正忙着哪。"

"我知道你忙。那我就不多打搅你了。我回头给你写信,可你要是不回信给我我是不答应的。"

菲利普是从来不会细声细气说话的,所以他在电话里句句都是放开了嗓门直嚷的,我这屋里每个角落都听得清清楚楚。玛西听得也乐了。

"嗨,"我自己也很吃惊,话居然说得这样沉得住气,"我们什么时候聚聚?"

"到你结婚那天吧,"菲利普说。

"什——么?"

"喂,她到底是高还是矮?是胖还是瘦?是白还是黑?"

"她黑得就像个黑面包。"

"哈!"我多了句嘴,开个玩笑,被菲尔一下子抓住了把柄,"你承认啦,果然是你那个她吧。哎,她喜欢你吗?"

"我也不知道。"

"我也真是多此一问。她哪能不喜欢你呢!看你这样的一表人才!如果她还需要听听介绍,就请她来听电话,我给她再鼓鼓劲。嗨——你请她来听哪。"

"这就不劳你费心了。"

"这么说她心里已经装着你啦？她很爱你吗？"

"我也不知道。"

"那她晚上十点钟还在你家里干什么？"

玛西笑得眼泪都流了出来，来不及擦。她是在笑我呢。因为我拚命想装出一副清教徒的样子，却处处露出了马脚。

"奥利弗，我知道我打搅你了，所以我只问你一个问题，你一句话就可以回答我，至于你回答不回答，那就要看你愿意不愿意了。"

"关于我们聚聚的事，菲尔……"

"奥利弗，我要问的不是这个。"

"那你要问什么呢，菲利普？"

"你打算什么时候结婚，奥利弗？"

很响的喀哒一声，他把电话挂上了。我似乎还听见了一阵呵呵大笑，老远从克兰斯顿传来。

"那是谁呀？"玛西问，不过我相信她肯定已经猜着了。"他好像还挺爱你呢。"

我含着感激对她看看：她是理解的。

"是啊。我也挺爱他。"

玛西过来在床上坐下，握住了我的手。

"我知道你心里有些不自在，"她说。

"这儿太局促了点，地方小，东西又多，"我回她说。

"你想得也太多了点。其实我又何尝不是呢。"我们一时

奥利弗的故事 | 165

相对无语。凭她的直觉,她对我的心思能猜出个几分呢?

"我跟迈克尔可从来没有在那边的大套房里同过房,"后来玛西却忽然这样来向我表明了心迹。

"我跟詹尼也从来没有在……这屋里同过房。"

"这我了解,"她说。"可我要是碰到了迈克尔的爹妈,我也难免会感到点头痛恶心什么的。你触景生情想起了詹尼,哪会不觉得难过呢。"

她的话句句在理,叫我一个字都反驳不了。

"你说我是不是还是回去的好?"她问我。"你要是让我回去,我绝对不会有什么想不通的。"

我连脑筋都没有动过一下,便回了她一个"不"字——因为不这样说又能怎么样说呢?

"我们出去走走吧。找个地方去喝一杯。"

玛西就有这种奇怪的脾气:碰到点什么事她就会"吃"下来再说。我这可不是说她不好,我是佩服她:佩服她的坚强,佩服她有办法……应付困难的局面。

我要了葡萄酒,替她要了橘子汁。

她意识到我是咬紧了牙关在"硬挺",因此谈话也就尽找些无关痛痒的话题。我们谈的是她的工作。

我们一般人都不大了解连锁商店的公司总裁到底是干什么的。其实那可不是个怎么有趣的工作。当了总裁,每个店里都得去看看,货架之间的每个走道都得去亲自走一遍。

"常去?"

"简直没有个停的时候。不去国内的分店，就得去欧洲亚洲看看那边的展览。好获取一些灵感，下一次大流行大热门的'吃香'商品说不定就这样脱胎了。"

"你们商业用语上的所谓'吃香'到底是个什么意思，玛西？"

"比如我给你那件傻乎乎的开司米毛线衫，你穿在身上，那就是帮着我们来推销这种'新奇'的产品，制造所谓'吃香'。一件毛衣，再普通不过了，二三十家商店家家有卖。我们却就是要靠锐利的目光专找能替我们公司树立形象的商品，也就是顾客根本没有想到可是一见之下却又觉得很需要的商品。如果我们找准了的话，顾客见了我们的广告介绍就会争先恐后来买。你明白不明白？"

"从经济学的角度来讲，"我是一副名牌大学大学者的傲然口吻，"你们是制造虚假的需求，推给消费者的是本来毫无价值的商品。"

"哪有说得这样傻乎乎的，不过话还是不错的，"她点点头说。

"说得明白点，就是如果你们说'当前大粪吃香'，那大家就都争着来买大粪。"

"对。不过难就难在是不是能抢在人家的前头，想出这么个高招儿来！"

玛西的车子还停放在我家的门前（其实这是违法的）。我们回来已经很晚了。不过出来走了一遭我心里觉得松快多了。也许是喝了点酒,使我产生了这样的感觉吧。

"好了,我送你到家了,"她说。

说得多么巧妙!这就都要看我了。我的肚子里,主意……也终于拿定了。

"玛西,你要是回去的话,你是一个人睡一间房,我也是一个人睡一间房。从经济学的角度来讲,这样卧室面积的使用率就未免太低了。你同意我这个结论吗?"

"可以同意,"她说。

"再说,我也真想把你搂在怀里。"

她承认我这话正好说在她的心上。

玛西叫醒了我,给我端来了一杯咖啡。
怎么用个泡沫塑料的杯子盛着?

"煤气灶我还是开不来,"她说。"所以我是到转角上的那个店里去买的。"

二十四

话得说清楚。我们这可不是"同居"。

尽管这年夏天我们过得可带劲了。

是的,我们俩是在一块儿吃饭,一块儿聊天,一块儿欢笑(争起来也是争得不可开交),晚上就一块儿睡在一间屋里(也就是我那个底楼的住所)。可是我们谁也不承认相互间有什么约定。自然彼此也就不承担什么义务。一切都是过一天是一天。尽管我们也总是尽可能争取多多在一起相处。我们的这种关系,我看的确是相当稀罕的。那可以说是一种……朋友关系吧。正因这又不是一种柏拉图式的爱,所以就越发显得其不寻常了。

玛西的衣服都还留在她那个"城堡"里,每次去换衣服,她就顺便把信件和电话留条取来。她家里的仆人如今闲着没事,就时常做上些菜由她一块儿带来,这倒省了我不少事。我们就在矮茶几上拿配不了对的调羹舀着吃,社会上什么话题热门就聊什么。约翰逊①将来在历史上会不会有很高的地位?("肯定低不了。")尼克松②为了推行他的越南战争"越南化"政策,会一手导演出一场什么样的血腥惨剧来?飞船上了月球,城市的环境却日益恶化了。还有斯波克医生③啦。詹姆斯·厄尔·雷④啦。查帕奎迪克⑤啦。绿湾强攻手⑥啦。

斯皮罗·西⑦啦。杰基·奥⑧啦。甚至还议论过：假如科塞尔⑨跟基辛格把职务对调一下，不知这世界会不会好一些？

有时候玛西手头事多，一直要工作到将近午夜。那我就去接她，我们一起吃上一顿宵夜，这才慢悠悠一路走回家来——自然是回我的那个家。

有时候我要出差到华盛顿，那就只好撇下她孤零零一个人——尽管她那个摊子事情多，也永远有她忙乎的。到时候她就到拉瓜迪亚机场⑩来接我的班机，驾车送我回家。然而去机场接送，一般却都是我的差使。

是这样的：由于工作的性质关系，她去外地是常事。到各个分公司视察，是职责所关不能不去的。比方说吧，到东部几个城市去走一遍至少得花一个星期，去克利夫兰、辛辛那提和

---

① 指当时卸任未久的美国第36任总统林登·贝恩斯·约翰逊（1908—1973，1963—1969年间任总统）。
② 指当时接任总统未久的美国第37任总统理查德·尼克松。
③ 本杰明·斯波克医生（1903—1998）：美国儿科医生。他所著《婴幼儿保健常识》一书出版时适逢美国的"婴儿潮"（生育高峰），故畅销一时。他还积极参加反越战运动，因而更加成为一个新闻人物。
④ 1968年美国民权运动领袖、黑人牧师小马丁·路德·金被谋杀。詹姆斯·厄尔·雷被控为此案的凶手。
⑤ 查帕奎迪克系一地名。1969年7月，美国已故总统肯尼迪之幼弟、参议员爱德华·肯尼迪驾车在此失事，车落水中，他弃车不顾而逃，后其同车女友被发现死于水中。此事成为当时的一大丑闻。
⑥ 这是威斯康星州米尔沃基市一个橄榄球队的名字。
⑦ 指尼克松的副总统阿格纽。因阿格纽的全名为斯皮罗·西奥多·阿格纽。阿格纽后终因贪污受贿等丑闻于1973年辞职。
⑧ 指杰奎琳·奥纳西斯。杰基系杰奎琳的昵称。前文提起过这个名女人，她是肯尼迪总统的遗孀，改嫁于希腊船王奥纳西斯。
⑨ 指霍华德·科塞尔（1918—1995），美国著名电视体育节目主持人。
⑩ 纽约的一个机场，位于长岛。

芝加哥①又得花上大半个星期,另外还少不了要到西部兜一圈:丹佛、洛杉矶、旧金山。自然也不是去了东部接着就要去西部。一则,纽约是公司业务的基地,她得在这儿"充充电"。二则,近来又多了一条,那就是她还得替我"充充电",这也需要她留在纽约。这样我们就可以在一起过上好几天。有时候甚至可以过上一个星期。

自然我也巴不得能多多跟她在一起,不过要知道,她可是个身负重任的人。时下一些报纸常常谴责所谓大男子主义者压制配偶个性的问题。这种文章我倒不大在意,看过也就算了。不过我发觉人家小两口却就远不如我们幸运。比如露西·但泽格尔在普林斯顿大学心理学系有个终身职位,她的丈夫彼得在波士顿教数学。高等学府两份薪水加在一起,还是不能像我和玛西那样尽可以放开手脚花钱:电话可以打个没完,逢到周末可以悄悄溜到野外路边别有风情的小饭馆小旅店里去寻些闲趣。(最近一次我们在辛辛那提享受到的那份田园情调,真大可写支歌来纪念纪念了。)

当然我也承认,她一去外地,我就感到很寂寞。特别是在夏天,眼看中央公园里情侣双双对对,我那心里可真不是滋味。电话毕竟代替不了见面。因为把电话一挂上,便感到面前只有一片空虚。

按照眼下传播媒介的说法,像我们这样的,可以名之为现代化的小夫妻。男方有工作。女方也有工作。一切责任共同承

---

① 以上三地属中西部。

担——实际应该说双方都可以不承担什么责任。两口子相敬如宾。孩子,多半是不想要的。

其实我倒很想将来要生养一两个孩子。我也并不认为结婚这种方式已经过时。反正这个问题还有待于同玛西从长计议。玛西可从来没有说过做妈妈该有多开心,或者结了婚该有多好之类的话。她对我们目前这样的关系似乎已经很满意了。我们这种关系,我看可以名之为不受时间约束、不受名份限制的爱情关系吧。

这个话题,我们在一起的时候是从来不谈的。我们忙得根本顾不上谈这些。我们总是那样忙个不停,其中有一个道理就是这样我们就可以免得留在我那个简陋的住处(尽管玛西从来也没有说过"关在屋里闷死了")。我们要跑步。我们还常常打网球(现在不是一清早六点钟去打了,要六点钟去打我不干)。我们常常看电影,只要沃尔特·克尔的剧评专栏里提到有什么舞台剧值得一看,我们也都看得一出不漏。我们俩都不喜欢去参加人家的社交聚会;我们珍惜在一起相处的时光,只希望就我们两个人在一起。不过,有时候我们偶尔也会在晚上抽个空去看看朋友。

我们第一次出去访友,这造访的朋友自非斯蒂夫·辛普森莫属。格温是巴不得自己来烧几个菜,不过我实在担心又要闹消化不良,因此就提出到格村①的加马蒂餐馆一叙。好吧,就这么办——我们八点钟见,请你们俩一起光临。

---

① 即格林尼治村,纽约曼哈顿西南部的一个地区,为作家、艺术家的聚居地。

不过，玛西在社交场合一露面，就有这么个小小的问题。人家见了她自会连话都不说了。这可是一些年轻少女做梦也想像不到的。要问其中的道理，当然首先不能不看到她的容貌（事实上问题的关键也正就在这里）。比方拿斯蒂夫来说吧——斯蒂夫是个正经人，而且又有个好太太。可是连他在很远以外端详玛西的相貌，都是那么一副很难说是无动于衷的神气。虽说不是瞪大了眼睛直瞅，可也是双目紧盯，看得都忘了神。由此看来，玛西刚一登场，就已经把人家的太太比下去了。她的衣着尽管一贯相当朴素，可是人家小姐太太看在眼里，却像发现了新潮的时装。心里，那自然是有些酸溜溜的。

我们踩着加马蒂餐馆的木屑地面往店堂里走。先到的斯蒂芬早已站了起来（是表示有礼貌呢，还是想要看得清楚些？）。格温表面上是满脸笑容，心里肯定在转念头：我那位女朋友风度好、派头足，这是没说的，只希望她肚子里没多少货色，不过是只五支光的灯泡罢了。

介绍她的名姓，这又是一道难关。只要一提"宾宁代尔"，即便是个交际场上的老手也难免要心里一动。跟名流相见寒暄一般总有些套话可说，总有个固定的程式可循（"看过你谈拳击的那篇文章了，你写得真好，梅勒先生①"；"国家安全有什么问题没有，基辛格教授？"如此等等）。总有个话头可以作为依据，胡乱诌上一两句。可是对玛西你怎么说呢？难道就说"看过你们公司最近的橱窗了，布置得太漂亮了"？

---

① 大概是指美国著名作家诺曼·梅勒。

奥利弗的故事

玛西当然还是有办法的。她的办法就是永远采取主动，自己找话说。不过结果却往往成了她一个人在那儿唱独脚戏。这么一来，人家想要了解她也就不那么容易了。人家常常觉得她欠热情，原因也就在这里。

再说那天，我们先是说上两句玩笑话，诸如加马蒂餐馆怎么这样难找啦。（"你们也找了半天啊？"）约翰·列农①来纽约，总要上这儿来吃饭啦。反正就是这一类席面上常见的应酬话吧。

接下去玛西便干脆抢过话头说了起来。她是急于要向我的朋友表示友好的意思。她很有水平地问了斯蒂夫几个神经病学方面的问题。由此可见，她在这方面掌握的学识是决非一般门外汉可比的。

她听说格温在道尔顿中学教历史，便又谈起纽约市私立学校的情况来，讲得头头是道。当初她在布里尔利念书的时候，那学校管得好死板呵，样样都是划一不二，规矩多极了。她热情赞扬眼下教学上的一些新点子。特别是数学课，学生都还是些娃娃呢，学校里就已经在教他们使用计算机了。

这方面的情况格温也听到过一点。她教历史就够忙的了，哪里还有时间去留意其他学科的发展情况呢。不过她注意到玛西对纽约当前学校里的动向了解得很透。玛西的回答是，她在飞机上杂志倒是看了真不少。

我却听得心都揪紧了。我真为玛西感到难过。谁看得出来

---

① 约翰·列农(1940—1980)："披头士乐队"的重要成员。

呵，在她白天鹅一般的外表下，她怀着的其实却是一种丑小鸭的心理。他们不会想到，她骨子里实在是因为心虚，所以才特意这样装强逞能的，为的就是心里可以踏实些。我是明白的。可是只怪我缺少这方面的能耐，掌握不了席间的谈话。

不过我还是尽力而为。我设法把话头转到体育运动方面来。斯蒂夫顿时来了劲，格温也松了口气。不一会儿我们就已经东拉西扯的，在那儿大侃当前体育界的各种热点问题了——斯坦利杯①啦，台维斯杯②啦，菲尔·埃斯波西托③，德里克·桑德森啦，比尔·拉塞尔④啦，扬基队⑤会不会转而去投效新泽西啦——我心里乐开了花，只看到沉闷的局面已经打破，别的就什么也不去注意了。好了，这一下大家就都无拘无束了。连运动员私底下的切口都用出来了。

直到侍者来请点菜，我才发觉我们这歌原来只是一支三人唱。到这时我才听到格温·辛普森开口说了一句："我要一客香炒小牛肉。"

"你那位玛西有什么毛病？"

这话是几天以后斯蒂夫跟我跑完了步对我说的。（玛西这个星期到东部几个城市巡视去了。）话头本是我挑起的，我随口

---

① 加、美之间的高水平冰球大赛。
② 国际性的网球大赛。
③ 加拿大籍的美国著名冰球运动员。
④ 著名的篮球运动员。
⑤ 纽约的一个棒球队。

跟斯蒂夫提了一句,想问问他和格温俩对玛西的印象如何。谁知他说了一遍不算,等我们出了中央公园,穿过了五号大道,他嘴里冒出来的竟然还是那句话:"她有什么毛病?"

"你这话什么意思——问'她有什么毛病'?她没有什么毛病呀,你这是怎么啦?"

斯蒂芬对我瞅瞅,摇了摇头,意思是我没懂他的意思。

"问题就在这儿,"他说。"她好得简直没有说的——这就说明她准有什么毛病。"

二十五

倒是我自己,出了什么毛病了?

我刚刚回归人类的世界。我的心扉有如一朵花儿正在瓣瓣开放。我按说应该欢天喜地才对。然而也不知道有个什么蹊跷的原因,我心里却只觉得似喜非喜,似忧非忧。或许那只是叶落时节淡淡的哀愁也未可知。

其实我的情绪又不是不好。

我的情绪怎么会不好呢?我每天干得可欢了。工作十分顺利。工作一顺利,工作之余就能抽出更多的时间到哈莱姆去干"夜半突击队"的事,为维护民权多尽些力。

玛西呢,借用斯蒂芬·辛普森的话来说,也是好得没有说的。我们俩又都具有相同的兴趣,可以说样样都合得来。

而且我们简直配起来就是一对。我这是说的打网球,我们配起来就是一对混双的好搭档。我们参加了一个三州范围的锦标赛。在戈森网球会里所向无敌早已不在话下,现在我们的对手都是外地的一对对高手。我们的战绩还相当不错(说起来我们至今还没有输过一场呢)。

这应该说都是她的功劳。对方队里的男选手一般都要比我高出一个档次,可是亏得玛西球艺过人,对方的女将一个个都给打得落花流水。我倒真没有想到我在体育运动上居然也会有这样甘拜下风的一天。不过我还是挺了过来,多亏了玛西,我们还赢得了好些奖章奖状,如今第一只冠军金杯也已经在望了。

随着比赛的步步深入,玛西的那种个性也充分发挥无遗。赛程的安排对我们很不利,有时候我们得在晚上出场比赛——不去就算输球。一次戈森网球会的四分之一决赛定在星期三晚上九点。当天玛西白天还在克利夫兰呢,她就搭晚饭时的一班飞机回来,下飞机前早已把网球衫裤都换好,我正缠着裁判在那儿胡扯淡呢,她却赶在九点一刻居然到了。我们勉强赢了这场球,回到家里倒头便睡。第二天早上才七点钟,她却早又出门去芝加哥了。所幸她去西海岸的那个星期正好没有比赛。

总而言之,我们就是这样的一对:脾气是一个样,生活的节奏也很合拍。应该说确有相得益彰之妙。

可是为什么按道理上说我应该十分快乐,而事实上我却并不是那么快乐呢?

找伦敦医生研究,自然首先应该研究这个问题。

"这不是我心情压抑的问题,大夫。我心里才舒畅呢。我乐观得很。玛西和我……我们俩……"

我停了一下。我本想说:"我们俩经常互诉衷情。"可是要欺骗自己并不是那么容易的。

"……我们彼此也不大谈心。"

对,我是这么说的。我这是说的心里话,尽管话听来好像挺矛盾。这不,我们晚上不是常常要在电话上叨叨个半天吗?——电话账单也可以作证。

话是不错。不过说实在的,我们真正又谈了多少心呢?

"我真快乐,奥利弗,"这不能说是倾诉衷情。这只能说是一种感激的表示。

当然,我的看法也不一定对。

有关男女之间的关系种种,我毕竟又能懂得多少呢?我大不了就是有过个老婆罢了。可是眼前的这种情况却又似乎不大好去跟詹尼相比。因为,要说我跟詹尼,我只知道当初我们俩曾经深深相爱。我当时哪里会去加以细究呢。我没有把我的感情放在精神分析的显微镜下去仔细检查过。我也说不清楚为什么我跟詹尼在一起的时候,就是那样感到无比幸福。

可是怪也就怪在詹和我的共通之处却偏偏要少得多。她对体育运动不但不感兴趣,而且还讨厌透了。我在电视里看橄榄球比赛,她却宁可躲在对面角落里看她的书。

我教了她游泳。

我却始终没有能教会她开车。

得了吧!难道做夫妻就是教这教那,学这学那?

怎么不是呢!就是要教,要学!

可这也不是指游泳、开车或者看地图什么的。也不是指教人怎样点煤气灶——我最近想重新开创这种局面,就碰到了有人点煤气灶还得要我现教!

我这是指双方要经常保持对话,从中了解自己。要在通讯卫星里建立新的线路,好多一些途径传送你的感情。

詹尼当初常常要做恶梦,一做恶梦就要把我闹醒。起初我们还不知道她其实已经身患重病,她做了恶梦,常常会心有余悸地问我:"奥利弗呀,我要是生不了孩子——你还会不会那样爱我?"

一听她这话,我并没有不假思索地就去对她好言劝慰。相反,倒是我的内心给触发起了一连串从来也没有体验到过的复杂的感情,我真没想到我的心底里原来还蕴藏着这样一些感情。是啊,詹,你是我心爱的人,你要是不能为我生个孩子,这叫我的自尊心怎么摆得住啊。

不过我们的感情关系却并未因此而受到影响。相反,正是由于她老老实实抖出了自己内心的不安,引出了这样一个不容回避的问题,这倒使我看清了自己原来也并不是一个很了不起的好汉。看清了自己原来也并不真正能以极明理的态度、大无畏的气概,来承受万一生不了子女的现实。我当时对她说,那我还得她来扶我一把,不然我可要受不住的。正是由于我们看到了自己不见得就是那么完美,我们对自己的了解从此也就大大深了一层。

我们俩从此也就愈加亲密了。

"哎呀,奥利弗,你倒是个不吹牛的。"
"这说明我是个狗熊,你该不高兴吧,詹尼?"
"哪里,我才高兴呢。"
"怎么?"
"因为我可以放心了,你是不会吹牛的,奥利弗。"

我和玛西之间的谈心就至今还到不了这种份上。她情绪不好的时候,心里发毛的时候,固然也会来向我倾诉。还说,有时候她去外地巡视,心总是放不下来,就怕我又找到了新的"意中人"。其实我又何尝不是呢。可是说来也怪,我们谈起心来,正话从不拐个弯儿反说,话到了舌头上,一个转也不用打,就都讲出来了。

原因,也许是由于我的期望值过高了。我太缺乏耐心了。尝到过美满婚姻滋味的人,清清楚楚知道自己需要的是怎么回事,缺少的又是怎么回事。可是对玛西一下子就提出那样的要求就未免有失公道了,要知道人家这辈子可连个……朋友,连个……可以信得过的朋友,都还从来不曾有过呢。

不过我还是暗暗希望她总有一天还会有再深一步的感受,觉得她实在少不了我。希望她说不定有一天会把我从睡梦中叫醒,问我一句类似这样的话:

"我要是生不了孩子,你还会不会那样爱我?"

二十六

"玛西呀,这个星期我可能要落得个眼泪汪汪了。"

这时正是早上六点,我们俩一起在机场上候机。

"这一次要分别十一天,"她说。"我们时而小别,要算这一次时间最长了。"

"是啊,"我应过一声以后,又笑了笑说:"不过我的意思是,这一回去示威游行,我很可能会挨上一颗催泪弹。"

"看你的样子真像巴不得挨一颗似的,奥利弗。"

她说在点子上了。在有些圈子里,挨点催泪弹的滋味被认为是一种"有种"的表现。她看出了我那种自负的心理正得不到满足哩。

"可也不要故意去惹那帮臭警察啊,"她又补上了一句。

"一定。我决不轻举妄动。"

她的航班上客了。匆匆一吻,我就转身而去,一路打着呵欠,去赶飞往华盛顿的班机。

我坦白说吧。但凡有重大的社会问题要我出力,其实我倒总是很情愿的。这个星期六,"新鼓动委员会"预定要在华盛顿举行一次声势浩大的"十一月反战示威大游行"。就在三天前,游行组织者有电话来想请我去,帮着他们去跟司法部的那班家伙谈判。"我们可真少不了你老兄哩,"负责其事的弗雷迪·加德纳当时还对我这么说来着。我起初还着实得意了一阵，不过后来就听出了他们的意思：他们看中我不只是因为我有法律方面的专长，而且还"因为我把头发一理，就挺像个共和党人的"。

谈判的中心是游行的路线问题。按照历来的传统，在华盛顿游行总是顺着宾夕法尼亚大道走，要在总统官邸前面过。司法部里那一帮吃公事饭的却非要我们这一次的游行路线朝南边挪挪不可。（我当时心想：要挪多远？难道得挪到巴拿马运河不成？）

玛西每天夜里都得到我的电话详细报道。

"克兰丁斯特①一口咬定：'会不发生暴力行为才怪，会不发生暴力才怪。'"

"这家伙，他怎么知道？"玛西问。

"就是这话。我是这么问了他。'呃，你怎么知道？'"

"你真是一字不差这么说的？"

"嗯……除了一个字其他就都是原话。反正他回我说：'米切尔②说的。'"

"嘿，米切尔又怎么知道？"

"我问了。他却屁也不放一个了。我一时真恨不得拔出拳头来就给他一拳。"

"啊，你倒挺沉得住气的。你不是说决不轻举妄动吗，奥

---

① 理查德·克兰丁斯特：司法部高级官员。1972年继米切尔任司法部长。
② 约翰·牛顿·米切尔(1913—1988)：当时的司法部长。

奥利弗的故事 | 183

利弗?"

"如果异想天开也算是犯罪的话,那我就得坐'长牢'。"

"那就好,"她说。

我们的电话费会不高得惊人才怪呢。

星期四下午,两名主教带领一大批神父准备在五角大楼外举行一场祈求和平的弥撒。我们事先接到了警告,说是他们搞这样的活动就要把他们逮捕,所以我们去了很多人,其中律师就有几个。

"发生了暴力行为没有?"那天晚上玛西在电话里问我。

"没有。那班警察才真叫客气呢。可是好家伙,却来了一帮子混蛋!说给谁听也不信的。他们对神父们的那个大叫大骂啊,我看他们就是在酒吧喝醉了酒都不会嚷得这么凶的!说真格的,我当时又想拔出拳头来了。"

"你揍了他们没有?"

"内心里是揍过了。"

"那就好。"

"我真想你哪,玛西。我多么想把你搂在怀里。"

"把这个想法也放在你的内心里吧。那班神父后来怎么样了?"

"我们只好到亚历山德里亚①去帮他们打官司,设法把他

---

① 亚历山德里亚是首都华盛顿南边的一个小镇,属弗吉尼亚州所管。按五角大楼位于弗吉尼亚境内。

们保释出来。事情进行得倒也顺利。咋的,你把话题又换了?我说想你,不好说吗?"

到星期五,政府当局就翻了本。大概是因为尼克松先生作过了祈祷(少不了要借助比利·格雷厄姆①),华盛顿顿时罩上了一派凛冽的寒气,还挟着冷雨。然而这并没有能阻止耶鲁大学那位奇才牧师比尔·科芬带队举行的一场烛光游行。说到这位牧师,那可真是个奇才,见了他我也真想去信教了。不瞒你说,我后来还特地到国家大教堂会听了他的讲道呢。我就远远站在大堂后边(教堂里人太挤了),可也似乎感染到了那种休戚相关的团结之情。这时候只要能让我把玛西的手紧紧抓在手里,我简直什么都可以舍得不要了。

就在我破例踏进教堂的时候,在杜邦广场上却有大批"易比士"②、"狂人派"、"气象员派"③以及其他形形色色的蠢材糊涂蛋演出了一场令人作呕的闹剧。我这一个星期来极力要排除的那种种,在那里却来了个大宣扬而特宣扬。

"这帮王八崽子!"我在电话里对玛西说。"他们根本连个像样的主张都提不出来——就知道标榜自己。"

"这帮小子其实倒才是该你揍的,"她说。

---

① 比利·格雷厄姆(1918—),六七十年代美国最著名的福音传教士。
② 即易比派分子。易比派全称为青年国际党,是起于 60 年代末期的一个松散的激进青年组织。仿嬉皮士,故称易比士。
③ 60 年代美国一个激进的青年组织。歌手鲍勃·迪伦所唱的一支歌里有一句:"即使不是气象员,也能知道风向。"气象员派的名字即由此得来。

奥利弗的故事 | 185

"你说得对极了，"我话是这么说，心里却有些失望。

"你这是从哪里来？"

"刚从教堂里来，"我说。

玛西好听的说了一大套，意思却就是表示她不信。于是我就把科芬讲道的内容搬出来作证，她这才信了。

"嗨，你瞧着吧，"她说，"明天的报纸一出来，管保教堂里集会的报道只占半栏，广场上闹事的消息倒要足足登上三整版。"

悲哀的是，她这话说中了。

我怎么也睡不着觉。我过夜的地方虽说只是个蹩脚的汽车旅馆，到底还是条件不错的，而来参加游行示威的那成千上万的人，他们却只能睡地板和长凳，我心里实在感到不安。

星期六还是寒风飕飕，不过至少雨已经不下了。暂时没有人需要我去保释，也没有什么事需要我去办交涉，我就信步走到了圣马可教堂，这里是游行群众的集合地点。

只见教堂内外尽都是人，有的还在帐篷里睡觉，有的在喝咖啡，有的就一声不响坐在那里，等候号令。一切都组织得井然有序，当局也派出了司法官员，以防游行示威群众跟警察发生冲突（也要防警察去跟游行示威群众搞摩擦）。还来了不少医务人员，以备万一出什么岔子。三十出头的人也不时可以见到几个。

在咖啡壶旁,有几个医生正在向一群志愿人员讲解万一来了催泪瓦斯该怎样对付。

人在感到孤单寂寞的时候,往往会觉得人家看上去像是特别面熟。有一个女医生,我看就挺像……乔安娜·斯坦因的。

我去倒杯咖啡,一声"哈罗",她却招呼了我。果然没错,是乔安娜。

"你在教他们急救,我可别打搅了你才好。"

"没什么,"她说。"能在这儿见到你,真是高兴。你好吗?"

"快冻坏了,"我说。

我决不定是不是该跟她道个歉,因为我后来就一直没有给她打过电话。看来现在道歉可不是时候。尽管看她那和蔼的脸上像是带着些疑云。

"看你的样子好像挺累呢,乔。"

"我们是连夜驱车赶来的。"

"那可够呛的,"我给她送上咖啡,让她喝了一大口。

"你就一个人?"

她这话是什么意思呢?

"我想该有五十万群众跟我站在一起吧,"我想我这样回答,是绝对挑不了眼的。

"对,"她说。

沉默了半晌。

"噢,忘了问你,乔,你家里各位都好吗?"

"两个弟弟都来了,也不知这会儿在哪儿了。爸爸妈妈有演出,留在纽约来不了。"

接着她又补上一句:"你也编在哪个组里参加游行?"

"可不,"我极力装出一副想也没想便脱口而出的口气。假话出了口,却又马上后悔了。因为我知道,我要是不这么说的话,她一定会邀请我去她们那个组里参加游行的。

"你……看起来面色很不错哩,"乔对我说。我看得出来:她这是在拖延时间,希望我说不定还会热和点儿。

可是我在那里干站着,还得找些不痛不痒的话说,那个尴尬实在是够受的。

"对不起,乔,"我说。"我有几个朋友还在外边的寒风里等我呢。……"

"喔,你说哪儿的话呢,"她说。"你有事只管请便。"

"真是不好意思——其实那也不过是……"

她见我那副不自在的样子,就不留我了。

"把心情放舒畅点。"

我迟疑了一下,终于一抬腿走了。

"请代我向各位乐迷朋友问好啊,"我走了几步又对她喊了一声。

"他们也都很想见见你呢,奥利弗。星期天有空来啊。"

一会儿我就已经走得很远了。我无意间一回头,看见她身边已经来了一女两男。显然这三位就是跟她一起连夜驱车赶来的。他们也是医生吗?那两个男的里会不会有一个是她的男朋友?

那关你的屁事,奥利弗。

我参加了游行。我没有一路唱歌,因为我向来是不喜欢一路走一路唱歌的。游行队伍有如一条巨大的蜈蚣,经过了地方法院、联邦调查局和司法部,又过了国内税务署,到财政部便转了弯。最后我们到了对我们美国的国父名为致敬而实是亵渎的那个纪念碑的所在地①。

我坐在地上,冻得连命都快没了。有人发表演说,我听着听着都打起盹来了。后来听到成千上万的群众齐声高唱"拯救和平",我的精神才为之一振。

我没有跟着一起唱。我是不大喜欢唱歌的。不过说实在话,要是跟乔安娜她们在一起,我说不定就会跟着唱起来了。可是在一大堆陌生人中间独自放声高歌,我总觉得不大自在。

回到纽约我那个底楼的住所开门进去时,我简直已经筋疲力尽了。就在这时候,电话铃却响了。我就拿出仅剩的一点力气来了个最后冲刺,一把抢过了电话听筒。

人一累,连脑子都有点稀里糊涂了。

"嗨,"我逼尖了嗓子装着假声说。"我是阿比·霍夫曼②,向你致以'易比士'的新年问候!"

我自以为说得挺发噱的。

可是玛西却没有笑。

---

① 似是指华盛顿纪念塔(或称纪念碑),因为在纪念塔的兴建过程中曾有诸多丑闻。这也符合作者所说的游行路线,因为由国内税务署到财政部再往前便应是白宫;到财政部转了弯,往南不多远则是华盛顿纪念塔。
② 当时一个全国闻名的反越战活跃人物。

奥利弗的故事

因为那根本不是玛西。

"呃……嗯……是奥利弗吗?"

我这个小小的玩笑开得实在有点儿不合时宜。

"晚上好,爸爸。我……呃……还以为是另外一个人呢。"

"噢……是这样。"

沉默了片刻。

"你好吗,孩子?"

"挺好的。妈妈好吗?"

"很好。她也就在旁边。嗯……奥利弗,下个星期六……"

"下个星期六怎么啦,爸爸?"

"我们还打算不打算在纽黑文①碰头哪?"

我们早在六月里就约好了的,我居然忘记得一干二净了!

"噢……我去。我一定去。"

"那好。你还是开车去?"

"对。"

"那么我们就在体育馆的大门口碰头,好不好?就说定中午,怎么样?"

"好。"

"看完球就一起吃晚饭吧。"

快说"好"呀。他多么想见见你哪。从他的口气里就听得出来。

---

① 耶鲁大学所在地,在康涅狄格州。

"好的,爸爸。"

"那好。噢……你妈妈要我也代她问你好。"

就这样,我为举行示威剑拔弩张了一个星期,结尾倒是跟爸爸妈妈如此客客气气,其间的反差也真是太大了。

玛西的电话到半夜里才来。

她告诉我:"有新闻报道说,就在你们示威游行的时候,尼克松倒在那里看他的橄榄球比赛。"

现在还管这些呢。

"我在家里冷清得要命,"我回答她说。

"再等一个星期吧……"

"这种各奔西东的蠢事可不能再干下去啦。"

"就结束了,朋友。不过七天的事嘛。"

二十七

在我们家里,向来是家庭传统取代了爱。彼此之间从来没有很强烈的感情流露。不过逢到家族的聚会我们总是有会必到,足证我们对家都是……一片忠心的。一年四大节:圣诞节,复活节,感恩节,这三个佳节自是不在话下,还有一个,则是那金秋时分的隆重节日,可以名之为"神圣的周末"。不说也猜得出来,这最后一个大节就是那十足的"哈米吉多顿"①。《圣经》上的"哈米吉多顿"是天下善与恶两大势力的决战,是光明对黑暗的决战,我这里所说的则是一场球坛大赛:我们所拥戴的哈佛队跟耶鲁队之间的一场大决战。

到了这一天可以大笑,也可以大哭。不过最重要的还是,到了这一天就可以大吼大叫,可以只管拿出野孩子的狂态来,而且还可以趁此痛饮一番。

不过我们家过起这个节日来却要稍稍文静些。有些校友在开赛之前早早赶到,就在停车场上放下车后的挡板作餐桌吃午饭,"红玛丽"②你一杯我一杯的灌,而我们巴雷特家的人则不一样,我们对待哈佛的体育运动,采取的是一种比较稳重的态度。

我小时候,只要军人体育场有球赛爸爸总要带我去看。他可不是"一年赶一次会"的那种人,我们看得简直就是一场不漏。他给我讲解得也细致。所以到我十岁那年,场上裁判的手势做得再稀奇古怪,我也一眼就能看懂。而且,我还学会了喝彩应当怎么个喝法。爸爸从来不大声狂叫。哈佛打了好球,爸爸至多只会来一句"好样儿的!""这球精彩!"反正大不了就是诸如此类的一声赞叹,简直就像自言自语似的。有时候要是我们的绿茵斗士发挥不出水平,比如有一次我们就曾输了个五十五比零,碰到这种时候他也只是说一声:"遗憾!"

爸爸以前自己就是个运动员。他当年是哈佛的划船队选手(而且还参加过奥运会的单人双桨赛艇比赛)。他脖子里那条红黑条纹相间的荣誉领带,就表示他具有哈佛校队俱乐部的会籍。他因此也就有权利在橄榄球比赛时买到特等的座票。就坐在校长的右首。

年复一年,哈佛—耶鲁橄榄球大赛的那份光彩却始终没有减色,那份隆重也始终没有变。变了的是我的身份。由少而长,我如今也有了哈佛校队俱乐部的会籍(我是冰球队出身)。因此我也就自己有了坐五十码线处特座的资格。从理论上讲,我也就可以带上自己的儿子,教给他裁判员怎样的手势就是判"背后绊人犯规"了。

不过,除了我在大学里求学的时期,以及婚后的那几年以外,这场哈佛—耶鲁橄榄球大赛我总是跟爸爸一起去观看的。

---

① "哈米吉多顿"是句希伯来话,典出《圣经·新约·启示录》16章16节。原意为世界末日善恶两种势力的大决战,后即被引申为大决战之意。
② 一种混合酒,由伏特加或杜松子酒加番茄汁调制而成。

奥利弗的故事 | 193

妈妈一辈子就是在这一件事上表现得很专横,她在多年以前就声明不再参加这项例行的重大活动了。"这一套我也看不懂,"她是这样对爸爸说的,"再说坐在那里我的脚冻得受不了。"

大赛在坎布里奇举行时,我们的晚饭就在波士顿的百年老店洛克—奥伯餐馆里吃。如果决战的地点在纽黑文,爸爸总喜欢上凯西饭店去吃一顿——这家馆子虽然没有那么古色古香,烧出来的菜倒是比较出色。今年我们就坐在这凯西饭店里,球赛已经看完,我们母校的代表队今天输了个7∶0。比赛一点也不精彩,因此球事方面也没有多少可谈的。这就很可能要谈及体育以外的一些话题。我打定主意决不提起玛西。

"遗憾哪,"爸爸说道。

"那也大不了就是输了一场橄榄球,"我已经养成了一种条件反射,对爸爸的看法总要采取对立的态度。

"对方马西的传球今天还不算发挥出色呢,"爸爸说。

"哈佛防传球还是有两下的,"我说。

"是啊。你说的恐怕也有道理。"

我们点了龙虾。这个菜做起来是很花时间的,何况今天顾客又那么多。店堂里挤得满满当当,尽是些醉醺醺的耶鲁货。有如一群哇哇乱叫的叭喇狗,都在那里欢呼胜利,为他们在橄榄球场上的彪炳战功大唱赞歌。总之,只有我们的餐桌上算是还比较安静,对面说话还听得见——假如我们真有什么实在的话题可以谈谈的话。

"近况如何啊?"爸爸问。

"还跟以前差不多，"我回答说。（说实话，跟他谈话我是只有泼冷水的份儿。）

"你平时……也出去走走吗？"他是用足了脑筋在没话找话。我得承认他的用心是够苦的。

"偶尔出去走走，"我说。

"那就好，"他说。

今天我发觉爸爸这种不自在的样子又更甚于去年了。就是今年入夏以前跟我在纽约一起吃饭的那一次，他都没有这样不自在。

"奥利弗，"从他这个口气听得出来，他下面就要谈什么重大的问题了，"我可以谈些个人的事吗？"

他难道还有什么正经大事可谈？

"请只管说吧，"我说。

"我很想跟你谈谈今后的事。"

"我今后又怎么啦，爸爸？"我一听内心就警惕起来，全身上下的防御部队都奉命进入了阵地。

"不是谈你，奥利弗。是谈我们家今后的事。"

我脑子里蓦地掠过了一个念头：莫非是他得了什么病了？还是妈妈得了什么病了？碰到那种事情的话他们是会摆出这种若无其事的样子来告诉我的。甚至还可能写封信来（我这是说的妈妈）。

"我已经六十五了，"他说。

"要到明年三月才满六十五哩，"我马上接口说。我故意这样说得连一个月都不差，目的在表明我对他可不是一点都不

奥利弗的故事

关心的。

"话虽如此,我还是得未雨绸缪,先作这样的打算吧。"打算什么?难道爸爸还等着拿社会保险金用?

"按照合伙契约的规定……"

他这话头一开,我就懒得再听下去了。因为就在十二个月前,也是这样一个场合,也是这样一个话题,我已经领教过他的一番长篇大论了。他要传递给我的是一个什么样的信息,我已经有数了。

今天唯一的不同,是我们这两个"角色"赛后的"舞台规定动作"跟上次不一样。去年,跟一班哈佛精英聊了一通以后,我们就去了波士顿,上我们吃惯的那家饭店。爸爸特意把车子就停在州府大街他的办公大楼旁边,这里是"巴雷特—沃德—西摩投资银行"的总部所在,我们家公开亮出自己姓氏的企业也唯有这一家。

我们下了车,再步行去那家饭店,正走着,爸爸向大楼上黑洞洞的窗口一指,说道:"瞧,到了晚上就怪安静的,是不?"

"你的专用办公室里一直是很安静的,"我答道。

"那可是个飓风眼哪,孩子。"

"只要你喜欢就好。"

"对,我喜欢,"他说。"我就是喜欢,奥利弗。"

他所喜欢的,自然不会是金钱。也不会是手里那耀眼的权力,地方发行债券,公用事业或者大公司发行股票,一发就是千千万万,在这方面他就有不小的权力。不,依我看,他所喜欢的是责任二字。如果责任二字也可以用到他身上的话，那我觉得激发爸爸那份劲头的就是这责任二字。无论对纱厂（没有纱厂就办不起银行），还是对银行，对银行奉为精神导师的神圣学府哈佛大学，他都不忘记自己的责任。对我们这个家自然也是如此。

"我已经六十四了，"整整一年以前，看过了上届的哈佛—耶鲁大赛，当天晚上在波士顿爸爸就曾这样说过。

"要到明年三月才满六十四哩，"我当时就这样说，我就是要他知道他的生日我是记得的。

"……按照合伙契约的规定，满了六十八岁我就得退下来了。"

两人好半晌没有说话。我们只是默默走在波士顿中心区安静的大街上，看这街道的气派确实不愧为一州首府的所在。

"我们真应该好好商量商量，奥利弗。"

"商量什么呀，爸爸？"

"谁来接替我当这主要负责人……"

"西摩先生不是很好吗，"我说。信笺上，招牌上，都写得明明白白：银行可毕竟还有两位合伙人哩。

"西摩他们家的股份只占百分之十二，"爸爸说，"沃德更少，只有百分之十。"

老天有眼！我可没有问他这些情况啊。

"海伦姑奶奶也有一些象征性的股份，那都是由我代管的。"他歇了一口气，又说："其余的，就都是咱们的了……"

我真忍不住想当场提出异议，好免得他顺着这个思路再说下去。

"……其实归根到底也就是你的。"

我真巴不得能换个话题，可是我心里是再明白不过的：爸爸在这番话里倾注了多少感情呵。为了这个节骨眼儿上的谈话，他肯定是用足心思作了准备的。

"由西摩当主要负责人又有什么不可以呢？"我问。

"那当然也不是说不可以。不过那除非是出现了这样一种情况，就是：假如我们巴雷特家的股权没有人……来亲自负责掌管的话。"

"那假如由他当了主要负责人，又怎么样呢？"言下之意就是：假如我坚决不干呢？

"那样的话，根据合伙契约的规定，他们就有权把我们的股份全部买下。"他顿了一下。"当然那也就是另外一种局面了。"

他这最后一句可并不是承上而下的推论。那是他在恳求了。

"怎么？"我问他。

"我们这个家……也就难免要发生困难了，"爸爸说。

他知道我懂。他知道我也了解我们这一路来何以步子走得那么慢。可是路短话长，转眼我们就已经到了洛克—奥伯餐馆。

脚已经要跨进店门了，他只来得及匆匆补上一句："好好考虑考虑吧。"

尽管我点点头表示可以，心里却是斩钉截铁，拿定了主意绝不考虑。

那天晚上饭店里的气氛不太平静。因为当天下午哈佛队创造了天大的奇迹。上帝在最后一分钟叫耶鲁队栽了跟斗，我们队里一个名叫凯姆皮的年轻四分卫如获神助，在终场前的五十秒钟里连获十六分，耶鲁小子一路占尽优势，结果哈佛健儿居然把比分扳平了。这个平手打得真是扬眉吐气，值得大庆祝而特庆祝。因此店堂里到处都飘荡着美滋滋的歌声。

我们的健儿所向无敌，
如狂飙向球门奋勇奔袭。
我们愿为哈佛的威名搏斗不息，
要冲过最后一道白线去建立我们的丰功伟绩。

那一次我们就没有再谈维系家庭传统的事。张张餐桌上都在谈橄榄球。大家对凯姆皮，对加托都是一片赞扬，也夸奖哈佛队的锋线了不起。我们为哈佛队本赛季的不败纪录干杯，从爸爸还没进大学校门的那个时代算起，哈佛有这样的成绩还是破题儿第一遭呢！

而今天，又是十一月里的一天，情况却完全不一样了。空气好沉重！这倒不是因为我们输了球。说实在话，真正的原因是因为时间已经过了整整一年，而那个问题却还拖在那儿，悬而未决。岂但悬而未决，如今竟是不得不决了。

"爸爸，我是一个律师，我认为我有我应该做的事。如果可以称之为责任的话,也就是责任。"

"我明白。不过你就是把你日常工作的据点移到了波士顿,也不见得就会根本无法从事你的社会活动。正相反,你在银行里工作,你倒是可以认为这是对方阵营里也有了'行动派'①的势力了。"

我实在不忍心伤他的心。所以我就没有说:他所谓的"对方阵营",在很大程度上就是我斗争的目标所在。

"你的意思我都明白,"我说,"不过说实在话……"

说到这儿我犹豫了,我停了好大一会儿,好把激烈反驳的言辞都磨去棱角,变成一些不刺人的话。

"爸爸,承你来征求我的意见,你的好意我心领了。不过我实在不大……说真的,我是很不……很不很不愿意。"

我想我这话是说得够明确的了。爸爸也没有再像往常那样,劝我再考虑考虑。

"明白了,"他说。"我很失望,不过你的意思我都明白了。"

在高速公路上驾车回去,我只觉得心头好大一块石头落了地,高兴得还自己揶揄了自己一句:

"一家子里有一个金融巨子就够了嘛。"

我心里只希望玛西此刻早已到了家里。

---

① "行动派":60年代美国反越战运动中开始流行的一个名词,指当时的反战积极分子。

二十八

"奥利弗,你们这次行动你看有几分成功的把握?"

"玛西,我看足有十分。"

我从纽黑文回到家里,见她已经在屋里等着了,精神得就像一块刚出炉的苏法莱似的。你真不会想到她是刚从西海岸飞到东海岸,乘了整整一天的飞机。

尽管我跟爸爸的那次谈话只是我向玛西汇报的许许多多题目中的一个,她却还是一听就来了劲。

"你是不假思索就马上回绝的?"

"回绝得一干二净,斩钉截铁,"我说。

这时我才想起我这是在跟谁说话。

"当然啦,要是处在我这地位的是你,你是会把这劳什子接受下来的,是吧?你当年不就一股脑儿都揽了过来吗?"

"可我当年是憋着一肚子气,"玛西这说的是掏心见肺的实话。"我决心要好好干上一番,让人家看看。"

"我也是,正因为这样所以我才一口回绝了。"

"那你难道愿意由着这么一大笔……嗯……祖上的产业就这样化为乌有?"

"还祖上的产业呢——美国的第一批血汗工厂!"

"奥利弗,那都是历史的陈迹了。今天一个人了工会的工人挣到的工钱可大了……"

"这不相干。"

"你再看看你们家在社会上做了多少好事！办起了医院，替哈佛造了那么幢大楼。捐款捐物……"

"好了，我们不谈这事了，好不好？"

"为什么不谈？你也未免太幼稚了！你简直就像一些血气方刚的激进分子，就知道向后看！"

她干吗这样起劲，一定要逼着我去参加当今社会的那个可恶的权贵集团？

"你真是乱弹琴，玛西！"

突然铃声响了！我们有如两个打得眼红的拳击手，一听到铃声就各自退到了拳击台的"中立角"上——不过，这响的是电话。

"要不要我去接？"玛西问。

"见它的鬼去——深更半夜的！"

"也许有什么要紧的事呢。"

"反正不会是我的，"我说。

"可这儿还住着我呢，"她说。

"那你就去接吧，"我大喝一声。我心里火透了：原以为小别重逢，应该情意绵绵，谁知道会弄得这样怒目相对。

玛西去接了。

"是你的电话，"她一听就把听筒递了过来。

"喂，什么事啦？"我气呼呼接过电话就说。

"哎呀，太棒了！她还在你那儿哩！"传来了一个热情的声音。

原来是菲利普·卡维累里。我倒忍不住笑了起来。

"你在调查我啊?"

"想听实话吗?你说对了。快告诉我,进展得怎么样了?"

"你这话什么意思,菲利普?"

他回答我的却是一连两声:"丁当,丁当。"

"你这又是耍的什么花样——是你家里那台布谷鸟自鸣钟在报时吗?"

"这是教堂里打的报婚钟!你老实说,什么时候打这个钟啊?"

"菲尔,反正到时候我一定第一个通知你。"

"那你还是马上告诉我吧,也好让我这就去放心睡个大觉。"

"菲利普,"我装出发火的口气说,"你打这个电话来,到底是来播送你的劝婚宣传节目呢,还是另有其他的话说?"

"对了。我们来谈谈火鸡①。"

"菲尔,我跟你说过啦……"

"我说的火鸡可是真格的火鸡。肚子里填上了作料一烤。感恩节嘛,总得弄只火鸡来吃吃。"

"哦!"可不,下个星期该就是感恩节了。

---

① 在美国俗语中,"谈谈火鸡"是"说正经的","直截了当说"的意思。在这里菲利普倒是真的要谈谈感恩节请他吃火鸡的事,奥利弗却误会了。

奥利弗的故事 | 203

"我想请你和那位说话文雅的女士到感恩佳节那天来参加我的家庭聚会。"

"参加你家庭聚会的都有谁呢?"我问。

"当年漂洋过海来的老祖宗!你管它来谁,多一个少一个还不是一样?"

"你到底请了谁呢,菲利普?"我还是得打听清楚,生怕会来上好大一帮热心得过了头的克兰斯顿人。

"眼下还就我一个,"他说。

我应了一声"哦",脑瓜子一下子想起来了:以前逢到节假日,菲利普就怕跟远近老亲相聚一堂。(他老是抱怨:"那帮要命的小把戏一哭闹,真叫我受不了。"我明知这是他的推托,也从不违逆他的意思。)

"那好。你可以到我们这里来嘛。……"我对玛西瞟了一眼,玛西的一副神气显然表示很赞成,可也发来了一个信号:"糟糕,谁来做菜呢?"

"玛西很想见见你呢,"我就再加上一句。

"喔,那不行,"菲利普说。

"得了,就来吧。"

"那好。几点?"

"下午早一些好不好?"我说。"不过你乘哪班火车来可要告诉我,我好去接你。"

"我可以带些吃食来吗?别忘了,我做出来的南瓜馅饼算得上是全罗德艾兰的第一份。"

"那太好了。"

"火鸡作料我也带来。"

"那太好了。"

玛西在一旁拚命对我做手势:"索性一股脑儿拜托!"

"呃……菲尔,有件事想跟你商量一下。火鸡你会烤吗?"

"拿手好戏咯!"他说。"我还可以到我的老伙计安杰洛那儿去挑一只尖儿货。她真的不会见怪?"

"你说谁呀,菲尔?"

"你那可爱的未婚妻呀。有一些女士就是讨厌人家闯进她们的厨房。"

"玛西在这方面倒是挺随便的,"我说。

玛西早已开心得欢蹦乱跳了。

"那太好了。这么一看,没说的,她准是个挺可爱的姑娘。她叫玛西,是不是?嗨,奥利弗……你看她会喜欢我吗?"

"包你喜欢。"

"那十点半到车站去接我。说定了?"

"说定了。"

我刚要把听筒放下,听见他那边又喊我了:

"哎呀,奥利弗!"

"什么事,菲尔?"

"感恩节倒是筹办喜事的好日子哩。"

"那就再见了,菲尔。"

我们终于挂上了电话。我对玛西看看。

"你欢迎他来吗?"

"只要他别不喜欢我,你看呢?"

"嗨——放心好了。"

"只要我能不下厨,看来希望就大些。"

我们相对一笑。这话倒还真有一丝道理。

"等一等,奥利弗,"她说。"你不是应该去伊普斯威奇过节的吗?"

对了。感恩节是巴雷特家照例要聚会的四大节日之一。可是现在遇到我们律师所谓"不可抗拒的力量"了。

"我打个电话去,就说地方教育董事会的那个案子星期一要开庭,我一时脱不了身。"

玛西的原定日程也得作些调整了。

"那天按日程我应该在芝加哥,不过我可以坐飞机赶回来吃晚饭,再搭最后一个航班回去。感恩节是零售业的紧要当口。早一个星期的星期五就开始动销了[①]。"

"那好。菲尔见了你该不知有多高兴呢。"

"那就好,"她说。

"好了,一切都安排停当了,"我故作滑稽地说,"那现在可不可以让我把内心憋着的感情流露出来?"

"好呀。你内心还憋着什么样的感情?"

"哎呀……我可真是伤心哪。哈佛输给耶鲁了。今天可真是个倒霉的日子。你能不能稍微想点什么办法,来安慰安

[①] 美国人过感恩节是在 11 月的第 4 个星期四。

慰我?"

"你需要治疗一下,"她说。"能不能请你到床上,伸开手脚躺下?"

"好的,"我就照办了。她也在床边上坐下。

"好,你现在心里想啥,就只管干啥,"她说。

我遵命照办。

这以后我们就甜甜蜜蜜的一直睡到天亮。

为了准备节日的佳肴美点,菲尔·卡维累里一连忙了足足一个星期。还不惜花上好大一笔电话费,时不时来电话问这问那。

"问问她,火鸡的作料里要不要加上点胡桃?"

"她在上班呢,菲尔。"

"晚八点了还在上班?"

"她星期三上夜班,"我就胡乱编了个理由来搪塞。

"她那边电话什么号码?"他却急于想知道玛西到底是喜欢胡桃呢还是喜欢别的干果。

"她那边忙着哪,菲尔。啊,对了——我想起来了。她对胡桃可喜欢了。"

"那太好了!"

电话挂上了。暂时算是太平了。

可是在以后的几天里,这样的电话会议就没有断过,蘑菇是不是就用鲜的啦,南瓜用哪一种好啦,酸果怎么做法啦(是捣成浆呢还是就用整果？），反正各种菜蔬瓜果样样问到。

"我的菜蔬瓜果绝对是刚从菜园子里采摘来的鲜货，"这来自罗德艾兰的长途电话还向我拍了胸脯。"哪像你们纽约人吃的，尽是冷冻货！"

玛西是爱这还是爱那，当然都只能由我来"假传圣旨"了。这个星期她正好是去辛辛那提、克利夫兰、芝加哥一线。尽管我跟她通话频繁，而且晚上一谈就至少要个把钟头，但是感恩节的菜谱却是不大上我们的话题的。

"地方教育董事会的那宗官司准备得怎么样了，朋友？"

"我都准备好了。巴里的调查工作真是没有说的。我只要等着出庭辩护就是。列在禁书单上的那些书我还得都找来翻一下。他们不许初中的娃娃看冯内古特的作品①。连《麦田里的守望者》②都不让看！"

"喔，那本书真叫人看得难过，"玛西说。"可怜的霍尔顿·考尔菲德，多么可爱，又多么寂寞！"

"你就不同情我吗？我也够寂寞的！"

"哎呀，奥利弗，我对你又何止是一点同情。我对你的那份情，搂在怀里还嫌不够劲儿呢。"

我的电话万一有人窃听的话，窃听的那位仁兄每天晚上听到了玛西的来电，会不被勾去半个魂灵儿才怪呢。

---

① 库尔特·冯内古特(1922—2007)：美国黑色幽默作家。
② 美国作家杰·戴·塞林格(1919—2010)的一部小说。下文玛西所说的霍尔顿·考尔菲德就是该书的主人公，一个美国青少年。

感恩节那天一早，门口一只火鸡把我闹醒了。原来是菲利普·卡维累里，挥舞着手里的火鸡，在向我致意。他直到最后一刻才打定主意，非赶头班车来不可。这样才有充裕的时间，可以把这一席盛宴铺排得像模像样。（"你那只老爷煤气灶我是了解的——见了这玩意儿我就想起我当年那只走了气的烤炉。"）

他把两手的好东西一放下，就忙不迭地问："嗨，她在哪儿？"（眼珠子偷偷一溜一溜的，东张西望。）

"菲尔，她不住在这儿。而且这两天又到芝加哥去了。"

"去芝加哥干什么？"

"有买卖上的事。"

"哦。她是做买卖的？"

他显得很佩服。紧跟着就又问一句：

"她欣赏你吗，奥利弗？"

天哪，他说下去哪还会有完！

"得了，菲尔，我们还是快动手做菜吧。"

刷洗归我。掌勺归他。我摆开了餐桌。他把凡是可以冷吃的菜一盘盘一碟碟都盛好摆好。到中午时分一席盛筵就已备齐。只有火鸡，估计要烤到四点半，才能烤得油汪汪的酥透入味。玛西的班机定于三点半到达拉瓜迪亚机场。节日路上车辆不会很挤，所以估计我们到五点钟入席享用该是没有问题的。这等待的时候，我和菲尔就大看而特看电视转播的橄榄球比赛。尽管这十一月天清寒高爽，阳光可人，他却连出去稍稍散会儿步都不肯。这个一心扑在火鸡上的烤火鸡行家,不敢远离他的岗位——他还得随时去给火鸡抹上点油哩。

两点稍过,来了个电话。
"奥利弗?"
"你这是在哪儿,玛西?"
"在机场。芝加哥的机场。我来不了啦!"
"出什么事啦?"
"不是出在这儿。是丹佛那边的店里出了问题。我过二十分钟就要搭飞机去那儿。详细情况等今天晚上我再告诉你。"
"问题很严重吗?"
"我看是很严重的。处理起来恐怕得要好几天工夫,不过运气好些的话我们也许还可以挽回过来。"
"有什么要我帮忙的吗?"
"嗯……请你对菲利普解释一下。对他说,我实在太抱歉了。"
"好吧。不过这话怕不容易说呢。"

默然片刻。要不是她急着要上飞机,这相对默然的时间一定还要长得多。

"嗨,听你的口气好像有点恼火了。"

我说话尽量注意分寸。她手里的事已经够伤脑筋了,我不想再惹她不高兴。

"不过是觉得有点扫兴呗,玛西。我是说,我们……好了,不提了,不提了。"

"可千万别泄气,等我到了丹佛我再跟你通电话。事情说来话长呢。"

"好吧,"我说。

"请说两句中听的话让我听听吧,奥利弗。"

"我祝愿你在飞机上能有火鸡吃。"

一个人陪菲尔享用这一席盛筵,对我倒也不无安慰。

仿佛又回到了旧时。又是就我们两个人在一起了。

菜点的味道之美,是没有说的。只是心里思潮起伏,很难排遣。

菲利普对我极力开解,劝我要想开些。

"哎呀,"他说,"这种事嘛,做买卖的人是常常会遇到的。做买卖就得到处跑。呃……要做买卖,这是免不了的。"

"对。"

"再说,不能回家团聚的人也还有的是呢。比方说当兵的不就都是……"

这个比方打得妙。

"既然人家那里少不了她,不用说这也就表示玛西是个要紧人,你说是吧?"

我没有搭茬儿。

"她是个什么经理之类吧?"

"差不多。",

"啊,那她真是了不起。是个新派的姑娘。说真的,你应

奥利弗的故事 | 211

该感到自豪才是。这是个事业有成的姑娘。她还打算争取升级,是吧?"

"可以这么说。"

"那就好。有志气!有这样的志气就值得夸耀,奥利弗。"

我点点头。那不过是为了要证明我没有睡着。

"在我小时候,"菲尔说,"做大人的说起'我的孩子有志气',总是挺得意的。当然他们一般都是说的男孩子。不过这些新派的姑娘,她们是讲平等的,是吧?"

"很对,"我回答说。

他见我还是不说不笑,觉得这样说下去根本别想冲淡得了我这懊丧的心情。

"嗨,"他于是就另辟蹊径,说道:"你跟她结婚以后,就不会再有这样的情况啦。"

"怎么?"我来个故意装傻,却尽量不露声色。

"因为女人嘛,终究是女人。嫁了人,就得留在家里,不能撇下丈夫孩子不管。这是天然的道理。"

我可不想去反驳他那一套天然的道理。

"我看这都怪你自己不好,"他说。"如果你索性跟她明公正道结了婚……"

"菲尔!"

"有理走遍天下都不怕!"为了替一个还没见过面的人说两句公道话,他嗓门都吊了起来。"那帮妇女解放运动的好汉骂我我也不在乎,反正我知道《圣经》上是怎么说的。人就是应该跟妻子'连合'成为一体①。我说得对吗?"

"对,"我想我这样顺着他的意思说,他总该不言语了吧。他果然不言语了。可是嘴巴只闭了几秒钟。

"嗨,你倒说说,这'连合'二字,到底是个什么意思?"他又问我了。

"就是互不分离,"我答道。

"她看过《圣经》吗,奥利弗?"

"总该看过吧。"

"你给她打个电话。对她说,旅馆里不会没有基甸《圣经》②。"

"好,我打,"我说。

---

① 这"连合"一词,出自《旧约·创世记》2章24节。《新约》中也引用过此词(《马太福音》19章5节,《马可福音》10章7节)。
② 美国有个"基甸社"(现称"基甸国际"),成立于1899年,其宗旨之一就是要在各个旅馆的房间里放上一本《圣经》,人称基甸《圣经》。

二十九

"你的心情怎么样?"

伦敦医生啊,这一回你可真得救我一救了!你问我的心情么?

"气恼,想发火,按捺不住性子。"

可还不止如此。

"心里简直像一团乱麻。说不上是个什么滋味。按我们的情形我们已经快要……我也说不上这算是怎么回事。"

不,我知道是怎么回事,可就是说不上来。

"是这样……我们已经快要建立明确的关系了。至少也该说是尽量在作这方面的努力吧。可要是我们根本没有时间在一起过,我们又怎么能知道这种关系到底行得通行不通呢?一定要痛痛快快在一起,可不能只做电话夫妻。我这个人是一点都没有宗教味道的,可要是我们圣诞夜还得天各一方,那我……"

恐怕非哭不可了吧?说真的,即使是"撕人魔"杰克①吧,到圣诞节那天也是跟朋友一起过的。

"跟你说,情况可严重了。是这样:丹佛那边的分店经营上出了大问题。玛西不能不去。去了就走不了了。这种事情又不能委托人家去处理。何况也根本不会有哪个好心人会出来劝她一句。她有什么了不得的原因,非得把事情委托人家去办理?为了要跟我相亲相爱?为了要替我做早饭?

"别胡扯淡了——是她的分内工作她能不去办吗!我说什么也得'认'了。我不好说三道四。心里意见当然还是有的。不过这只能说明是我还少小无知。……

"可是问题恐怕还不止是如此。我还很自私。不知道体谅人家。玛西是我的……反正我们两个……可以说已经是一对夫妻了吧。她在丹佛遇上了麻烦。这一点不假。尽管她是老板,当地却就有那么一些自以为是的家伙,觉得她手段太辣。所以事情可不是那么好办的。

"可我却在这儿闲荡,为了一点小事怨天尤人,说真格的,实在我恐怕应该到她那里去,帮她一把才是。可以从个人感情上给她一点支持。哎呀,事情不是明摆着的么,这么一来对我也会有意想不到之功。我要是去了,她就会从心眼儿里体会到……"

我犹豫了。我这些缺胳膊少腿的话,伦敦医生又能听懂个多少呢?

"我想我应该马上搭飞机到丹佛去。"

一时寂无声息。我作出了这个决定,心里很满意。可是再一想,今天已经是星期五了。

"不过,下星期一我本当出庭,去跟那个地方教育董事会

---

① 英国伦敦东区的一个杀人犯。于1888年前后一连杀死七名妓女,并予分尸。这个杀人犯自称"撕人魔"杰克,身份始终不详。

奥利弗的故事 | 215

打场官司。我早就巴巴的等着要去把那帮蠢货痛斥一顿了……"

我停了停,好在心里暗暗合计一下。两件事,可得掂量掂量,奥利弗。

"好吧,这回就让巴里·波拉克去挑大梁吧。其实他对这个案子研究得比我还透。当然,他年纪是轻了一点。说不定会经不起他们一纠缠,给弄得晕头转向。嗨,不是我吹牛,我要是一出庭,肯定就能把他们一下给镇住。这里边的区别可大着哪!"

好哇,这一场心理对攻战一来一去打得好激烈。我一个人为双方设辩,自己也听得昏头昏脑了!

"啐,别胡扯了,这区别再大,可到底不如玛西要紧啊!别看她有多了不起的本事,她可毕竟是孤身一人在外,身边能有个朋友才用得着哩。我说不定还真可以撇开自身的得失,一心一意去为人家谋划谋划哩!好,这辈子就来破例干一次吧!"

这最后一条理由把我说服了。至少我自己觉得是这样。

"我就乘飞机去丹佛,好吗?"

我对医生瞧瞧。伦敦医生考虑了一会儿,答道:

"不去的话,星期一五点钟来找我。"

三十

"奥利弗,你不能走啊——你一走我准垮。"

"不要着急,包你没事儿。用不到这样紧张嘛。"

我们坐出租汽车去机场,路上坑坑洼洼,车子颠颠跳跳,一路上我就极力开导巴里·波拉克,好让他把情绪安定下来,准备出庭去亮相。

"可奥利呀,你为什么要来这一手呢?你为什么要在这个当口突然这样拍拍屁股一走,把事情都撂给我呢?"

"你干得了。这案子的材料你已经熟得可以倒背如流了。"

"材料我倒的确很熟。可奥利弗呀,要说当庭辩论,抓住一点由头大加发挥,我比起你来那就差远了。他们会弄得我大出洋相的。叫我去打这场官司我们准输!"

我就安慰他,还教他一些窍门,如果对方的猛烈攻击不好对付,可以怎样加以回避。记住,说话要口齿清楚,把节奏尽量放慢,可能的话嗓音要不高不低,对一些出庭作证的专家都要以"博士"相称,那才会博得他们的好感。

"哎呀,我真害怕。你为什么一定要在这个当口到丹佛去呢?"

"因为我不能不去,巴尔。我不能说得再具体了。"

我们默默无语,心里都很焦躁,坐在这颠啊颠的车子里,跑了足有里把路。

"嗨,奥尔?"

"什么事,巴尔?"

"要是我猜中了是怎么回事,你就痛痛快快都告诉我,好吗?"

"好啊,你猜中了再说吧。"

"是个对象。是个天仙一般的对象。对不对?"

就在这时机场大楼到了。汽车还没有停妥,我半个身子已经钻出了车门。

"嗨,我说的可对啊?"巴里问。"是个对象不是?"

一味傻笑、都快笑成了只笑猫的奥利弗,把手伸进车窗里,跟他的后生同事握手道别。

"嗨——祝你我大家都马到成功。"

我一转身,就直奔检票台而去。愿上帝保佑你,巴里——看你都紧张成了这副模样,可你哪里晓得我的心里也在直打鼓啊。

因为我去找玛西,事先可没有通知她啊。

班机在"百丈山城"一着陆(那个乐呵呵的飞机驾驶员老是管丹佛叫"百丈山城"),我就抓起小提箱,找了一个看上去会开飞车的出租汽车司机,对他说:"去棕宫饭店。请尽量开快。"

"那就请你把尊帽戴戴牢,老弟,"他回答我说。我果然没有看错人。

晚上九点(也就是十一分钟以后),车子便到了丹佛的老牌旅馆棕宫饭店。饭店的大厅大极了,透明的半圆形穹顶颇有些"世纪末"的风格。地面呈层层而下的阶梯状,中间是个大花园。抬头望一眼屋顶外空旷的苍穹,连脑袋都会发昏。

我从她打来的电话里,早就知道了她住的是几号房间。我请服务台把提箱保管一下,就快步直上七楼。我没有先打电话通报上去。

一到七楼,我稍稍歇了一下,好喘一口气(这里的海拔实在太高了),然后才敲了敲门。

半晌没有人应声。

后来总算出来了一位男士。人,倒是长得一表人才。不过却完全是一副"奶油小生"腔。

"请问有何贵干?"

这个家伙是什么人?听他的口音不是丹佛的本地人。这种不正宗的英语,倒像是火星人说的。

我就回答他:"我要找玛西说话。"

"对不起,她这会儿正忙着。"

在忙什么?莫非我正好撞上什么丑事儿了?这个家伙的模样也未免太俏了点吧。规规矩矩的人见了这副眉眼,谁都会恨不得给他一拳头。

"反正她忙我也要见,不忙我更要见,"我说。

论身材他要比我高出近两寸。一身衣服非常合体,简直就像连根长在他身上似的。

奥利弗的故事

"嗨,你跟宾宁代尔小姐事先有没有约好?"听他这一声"嗨"的口气,竟像大有不惜动武的意思。

我还没有来得及跟他再动口,更没有来得及跟他动手,从里屋就传来了一个女性的嗓音。

"什么事啊,杰里米?"

"没什么,玛西。一点小误会,冒冒失失来了个人。"

他又回过身来了。

"杰里米,我可不是冒冒失失来的,"我说。"是我二老双亲要我,我才来到这世界上的。"也不知是我这句俏皮话起了作用呢,还是话里那种威胁的口气镇住了他,总之杰里米往后退了一步,让我进了门。

进了门是条小走廊,我大步走去,心想玛西见了我也不知道会有什么样的反应呢。也不知道她这会儿到底是在干什么呢。

起居室里是一屋子的人,都是穿灰色法兰绒衣服的人物①。

也就是说,满屋子东一个西一个的,尽是些经理人员,一人一个烟灰缸摆在面前,都在那里心事重重地抽烟,要不就是在那里吃盒装三明治充饥。

写字台后面坐着一位,既没有在抽烟,也没有在吃东西充饥(更没有像我担心的那样脱光了衣服),那就是玛西·宾宁代

---

① 斯隆·威尔逊在1955年出版过一本小说《穿灰色法兰绒衣服的人》。小说中所说的穿灰色法兰绒衣服的人都是公司经理人员或高级职员。

尔了。原来她正忙得不可开交,是在那里……办她的公呢。

杰里米问她:"你认识这位先生吗?"

"当然认识,"玛西说着,嫣然一笑。却没有飞一般的扑到我怀里来:我一路上的梦想全落了空。

"哈罗,"我就向她打了个招呼。"对不起,我大概打搅了。"

玛西朝四下看了一眼,这才对她那帮下属说道:"对不起,我去去就来。"

她带我走到走廊里。我一把抓住了她的手,她却和婉地就势一拦,不让我越过这个分寸。

"嗨——你到这儿来干什么?"

"我想你也许身边需要个朋友。所以就来陪陪你,等你把事情办妥了我再走。"

"那你出庭的事怎么办?"

"管它呢。这哪有你重要。"我一把搂住了她的细腰。

"你疯了?"她压低了嗓门说,不过绝没有一点生气的意思。

"对。是疯了,是光棍一条睡双人床睡疯的——不,不是睡疯的,应该说是因为老睡不着觉才弄得发疯的。怎么会不疯呢,没有你来吃三夹板一样的面包,老一套的煮蛋,对着餐桌我想你都想疯了。怎么会不疯呢,我……"

"喂,朋友,"她一指里屋,"我在开会呢。"

管那班经理先生们听得见听不见呢。我只管我嚷嚷。"……你总裁大人尽管公务繁忙,可我想你大概也不会一

奥利弗的故事

点没有这种寂寞得要发疯的感觉吧……"

"混蛋!"她把脸一板,还是压低了嗓门说,"我在开会哪。"

"我明白你很忙,玛西。那这样吧——你不用急,只管办你的事去,等你办完了事,到我的房间里来,我等着你。"

"这个会不定要开到什么时候呢。……"

"开一辈子我就等你一辈子。"

玛西听得喜滋滋的。

"好吧,我的朋友。"

她在我面颊上亲了亲,又回去办她的事了。

"啊,亲爱的,你是我的阿佛洛狄特①,你是我心中一支唱不尽的美妙的歌……"

这是外籍军团②的一个军官,叫让-皮埃尔·奥蒙的,在那里对一位体态丰满的沙漠公主倾诉衷情,公主急得上气不接下气:"别,别,别,当心给我爸爸听见!"

时间已经过了半夜,丹佛的电视屏幕上除了这部老掉牙的电影以外,再没有别的节目可看了。

除了看电视,可以陪陪我的便只有"可儿"③了,不过"可儿"也已经愈喝愈少了。我已经喝得迷迷糊糊,跟屏幕上的人

---

① 希腊神话中爱与美的女神,相当于罗马神话中的维纳斯。
② 指法国的外籍军团,系法国的外国雇佣兵部队,在海外服役。
③ 疑是一种啤酒或什么酒的商标名称。

物都说起话来了。

"快下手呀,让-皮埃尔,干脆把她的衣服剥掉呀!"他却没听我的话,花言巧语只管说得起劲,一双手就是不肯往下挪。

终于,来了敲门声了。

谢天谢地!

"嗨,宝贝,"玛西一声招呼。

她看去一脸倦容,头发都有点散乱。我就巴不得她这副模样。

"怎么样啦?"

"我把他们全打发回家了。"

"问题都解决啦?"

"哪儿能呢。还是烂摊子一个,焦头烂额啊。我可以进来吗?"

敢情我实在太累了,在门口一站已经不会动了,简直把她的路都给挡了。

走进屋来,脱了鞋子,她就噗地瘫倒在床上,累得有气无力,对我直瞅。

"你这个罗曼蒂克的大混蛋。那么件重要的案子,你就撒手不管啦?"

我笑笑。

"谁叫你这儿的事情更重要啦?"我回答她说。"知道你一个人远在丹佛碰到了棘手事儿,我就想,你身边恐怕很需要个人呢。"

"想得好!"她说。"虽说有点匪夷所思,你这个主意还是妙不可言!"

我来到床上,把她一把搂在怀里。

还数不到十五,我们俩就都进入了黑甜乡。

我做了一个梦,梦见玛西悄悄溜进了我的帐篷,在我睡梦正浓之际凑在我耳边说:"奥利弗呀,今天我们俩就一块儿去玩一天吧。就我们两个人去。要痛痛快快玩个畅。"

一觉醒来,发现居然美梦成真了。

玛西早已站在那儿,一身滑雪的打扮。手里还拿着一套滑雪装,那尺寸估计我穿起来正合身。

"走吧,"她说。"我们上山去。"

"可你开会的事怎么办?"

"今天我就专诚陪你一个了。会,等吃过晚饭以后再找他们来开吧。"

"哎呀,玛西,你是疯了还是怎么着?"

"谁叫你的事情更重要啦?"说完还微微一笑。

玛西手一挥,一个人脑袋应声落了地。

遭殃的是个雪罗汉,头上中了她一个雪球,当场掉了脑袋。

"还有什么好玩的?"我问她。

"吃过了午饭再告诉你,"她说。

落基山公园茫茫一片,一眼望不到边,我们这下营的所在到底算是在什么地方,我心里一点都没数。反正从我们这里直至天边,压根儿就看不到一丝半点人影鸟迹。脚踩积雪嘎吱有声,算是这四野里最大的声响了。到处是一片白茫茫,纤尘不染。就像大自然的一尊结婚蛋糕。

玛西尽管不会点城里的煤气灶,用斯特诺①却内行得惊人。我们就在落基山上喝我们的汤,吃我们的三明治。什么高级饭店,都去它的吧。什么法律义务,都去它的吧。还要什么电话呢,还要什么城市呢,有我们两个就够了,多一个人便是多余。

"我们这到底是在哪儿?"(玛西是带着指南针的。)

"无名地乌有乡,稍稍偏东一点。"

"我喜欢这个地方。"

"要不是你这爱乱闯的脾气硬是使了出来,我这会儿还在丹佛,关在烟雾腾腾的屋里受罪呢。"

她还用斯特诺煮了咖啡。要是用行家的口味来衡量,这咖啡煮得不能算好,至多只能说是勉强喝得,不过我喝了心里却觉得热乎乎的。

"玛西呀,"我这话半是玩笑半是认真,"倒看不出来,原来你烧饭做菜还有两下哩。"

"也只有在荒山野地才干一下……"

"这么说你就应该搬到荒山野地来住。"

她对我瞅瞅,又回过头去朝四下扫了一眼,脸上泛出了幸福的光彩。

---

① 一种罐装冻胶剂,作方便燃料用。斯特诺是商标名。

奥利弗的故事

"我真巴不得我们能不走才好呢,"她说。

"我们可以不走,"我回了她一句。

我这话的口气可没有一点开玩笑的意思。

"玛西,我们可以在这儿一直住下去,只要冰河一天不化解,我们就一天不走。除非我们住腻了,想要到海滩上去走走了,或者想要到亚马孙河去划小舟了,不然就可以一直住下去。我这说的可是心里话啊。"

她犹疑了好一会儿。在考虑对我的话怎样回答好。——我这一番话算是什么呢?是提了个想法?还是提了个方案?

"你这算是在考验我呢,还是当真有这么个意思?"她问。

"可以说二者兼而有之吧。我是禁不住有点动心的,倒真想把那种没完没了的疲于奔命的生活给摆脱掉,你呢,能办到吗?要知道,能像我们这样有条件作这种选择的人可是不多的哪。……"

"得了吧,巴雷特,"她却不以为然,"看你的口气好大呵,抱负大到像你这样的人我倒还没有见过第二个。要有的话除非就是我了。我看你大概还很想去弄个大总统当当吧。"

我笑笑。不过既然是块当大总统的料嘛,就不能说假话。

"对。我是想过。不过近来我却一直在想,我倒是宁可去教自己的孩子学滑冰。"

"真的?"

她这不是揶揄,是确确实实吃了一惊。

"当然也得要孩子肯学啦,"我又接着说。"做这样的事是用不到去跟人家竞争的,要是让你做这种事情,你是不是也会觉得乐在其中?"

她想了想。

"我还从来不曾有过这样的体验,"过了会儿她才说。"在我遇到你以前,我唯一的痛快事儿就是打了胜仗扬眉吐气,让大家都看看。……"

"那你说说你现在呢,你怎样才觉得快乐?"

"得有个男人家,"她说。

"什么样的?"

"我想应该是这么个人吧:我做什么他不应该都无条件接受。他应该了解其实我真正想望的倒是……别一天到晚尽扮演老板的角色。"

我等着她往下说,四外也只有群山环立,默默无言。

"你就是这么个人,"她过了好半天才说。

"我真高兴,"我应了一声。

"我们下一步应当怎么办呢,奥利弗?"

我们都不大愿意打破沉寂。说话,也断断续续,因为脑子是在那里琢磨。

"想知道你应当怎么办吗?"我说。

"是啊。"

我深深吸了一口气,这才吐出一句话来:

"把店都卖掉。"

她差点儿把手里的咖啡都掉了。

"你说……什么?"

"听我说,玛西,连锁商店的公司总裁过的是一种什么样子的生活,要我洋洋洒洒写篇论文我也写得出来。这种生活概括起来就是三句话:奔走不定,变幻无常,好比一辆随时准备出动的消防车。"

"说得太贴切了!"

"是啊,这种生活方式对发展公司的业务也许是很有利的,可是个人的爱情关系则情况正好相反。要发展爱情关系,就得多拿出时间,少在外奔走。"

玛西没有吭声。我就进一步往下说。

"所以,"我是一副谈笑自若的神态,"我说你还是把你的店统统卖了。你爱在哪个城里住,尽可以在哪个城里开上一家咨询公司,我包你业务发达。我呢,要揽些官司案子到哪儿都行。这样我们两个人也许都可以扎下根来。还可以开花结子,添上几个小娃娃。"

玛西却哈哈一笑:"你真是想入非非。"

"你才是乱说一气呢,"我回了她一句。"你呀,就是手握大权还舍不得割爱。"

我这话的口气里可决没有一点指责的意思。尽管话可是千真万确的大实话。

"嗨,"她说,"你是在考验我啊。"

"对,是在考验你,"我回答说,"可惜你过不了关啊。"

"你是自命不凡又自私自利,"她一脸顽皮地说。

我点点头不否认。"不过我也毕竟是个人。"

玛西对我瞅瞅。"可你愿意跟我永远厮守在一起吗……？"

"雪，总是要化的哟，"我说。

于是我们就站起身来，挽臂而行，一起回汽车里去。

坐上汽车，直驶丹佛。丹佛可是一点雪也没有。

三十一

回到纽约,已经是星期三的晚上了。那天早上玛西就把丹佛店里的事都安排停当了,当时我们还合计过,要不要再去打一场雪仗玩儿。不过最后还是超越自我的种种考虑占了上风。也该回去重新工作了。那件案子虽已快要审结(我跟巴里·波拉克的电话联系始终没有断过),我还说不定可以在最后关头给他帮上点忙呢。

要出租车的人排成了望不见头的长龙,我们等得连脚跟都快要冻僵了。好容易才算轮到了我们。停在我们面前的,真让人以为是只压瘪了的黄听子。这就是纽约的出租车了。

"昆斯不去①,"那司机对我们的招呼是这样一声咆哮。

"我们也不去昆斯,"我一边说一边就去拉他的破车门,"我们要去东六十四号街二十三号。"

我们两个都上了车。去哪儿我已经说过了,从法律的意义上讲,手续已经完备,他这就应该把我们按址送达了。

"我们去东八十六号街五〇四号。"

什么?

玛西的这一声吩咐,倒着实让我吓了一大跳。

"那是什么地方?是谁的家?"我问。

"是我们的家。"她微微一笑。

"是我们的家?"

"你是怎么回事,老兄?"那开车的问。"莫非得了健忘症了?"

"你是怎么回事,开车的老弟?"我顶了他一句。"你是伍迪·艾伦②?"

"我至少还记得自己的家在什么地方,"他也不甘示弱。

这时司机的同行们早已喇叭声咒骂声闹哄哄响成了一片,催他快把车开走。

"好了——你们到底去哪儿?"他于是就问。

玛西说:"就是东八十六号街。"然后又咬着我的耳朵说,到路上再给我解释。这说客气点也是个突然袭击,我事先根本一无所知。

用军事上的术语来说,这个地方叫做非军事区——双方军队都不得屯兵布防的地带。这是玛西想出来的主意,也就是说,要找上一套房间,既不属于她,也不属于我,甚至也不算我们俩共同所有,而应该纯粹是个中立地带。

好吧,这话也言之有理。我那个蹩脚的住处是太差劲了点。再说,这邋遢生活的考验,她也已经经受住了。

"怎么样?"玛西问。

没说的,这套房间实在太高级了。看去简直就跟宾宁代尔

---

① 昆斯区是纽约市的行政区之一,在长岛上,属纽约的东郊。拉瓜迪亚机场和肯尼迪国际机场都在该区。看来这司机是只想往西,去做闹市曼哈顿的生意。
② 伍迪·艾伦(1935—):美国当代幽默作家、著名的喜剧演员。

大楼顶上几层那些最高规格的套房是一样的水平。我就见过一些年轻轻的小夫妻,他们一看到这样豪华的住房模型,就两眼死死盯住,做起美梦来:"哎呀,要是我们能有这样的居住水平就好了。"

玛西带我去看了起居室,看了那新花样百出的厨房("我一定要去学烹调,奥利弗。"),看了她未来的办公室,又看了那超规格的卧房,最后是一份特大的惊喜:供我专用的办公室。

是的。在这里男主人和女主人都各有适合其职业特点的办公室。我的办公室里是清一色的皮沙发皮椅子。有克罗米架子的玻璃书橱可以放我的法律参考书。还有先进的照明设备。总之一切应有尽有。

"怎么样?"玛西又问。她这分明是希望我马上大唱赞歌的意思。

"这是在做梦吧,"我说。

可不知道为什么,我总觉得我们恍惚是身在舞台上,这是一个剧本里描写的舞台置景。这个剧本,当然是她写的了。

为什么我心里又总有些异样的感觉呢?

"你的心情怎么样?"

几天不见,伦敦医生却还是原来的思路,一点不变。

"你瞧,房租我们是各半分担的。"

我话出了口心里却暗暗嘀咕:得了吧,他问的是心情怎么样,跟谁付房租怎么扯得上?而且说实在的,谁付房租的事我也根本就没有放在心上。

"倒不是我自尊心太强,大夫。可她总是这样,我们俩的生活……她总要全都由她来安排。"

停了一下。

"我可以告诉你,我根本不喜欢把房间装潢得那么花哨。也不喜欢把灯光搞得那么罗曼蒂克。那都是胡闹,难道她会不明白?当年詹尼买回新家来的都是些蹩脚的旧家具,床是嘎吱嘎吱响的,桌子是谁也看不上眼的,拢共才花了九十七块钱!我们的餐桌上除了蟑螂从来没有外客光临。冬天风大,左邻右舍烧些什么菜来吃,我们鼻子里都闻得一清二楚。那份寒伧也真是到了家了!"

又停了一下。

"可是我们却很快乐,说真的,日子过得苦些我心里从来也不在意。啊,对了,有件事我倒是忘不了的,那是有一次我们的床断了一条腿——要知道当时我们正好是在床上啦。这一下可把我们逗得哈哈大笑。"

又停了一下。奥利弗呀,你这都在扯些啥呀?

我想我的意思是想说,玛西的那套新房我是不喜欢的。

是的,我这个簇新的办公室只是供人参观的。我碰到什么问题需要动动脑筋时,还是回我的老房子里去。我的参考书都还在那儿。那儿的一应账单我也都照付不误。逢到玛西外出时,我也还是宁可去那儿住。

如今圣诞节已临到"倒计时"的阶段,你看你看,玛西却又偏偏不在身边了。这两天她在芝加哥。

我的心里只觉得不自在。

因为今天晚上我又得打个夜工了。在八十六号街的那个仙山琼阁里我是干不了活的。再说纽约已经到处缀满冬青枝了。我现在虽说有两套住房，却到哪儿都得去挨寂寞，心里实在感到别扭。我又不好意思打电话去找菲尔谈谈心。一谈就瞒不过去：我是孤零零一个人在家里。

因此，12月12日这一天，巴雷特就躲在他的地下洞府里加班工作，在大本大本散发着霉味的判案汇编里查找判例。心中是多么向往那个不可复得的好时光啊。

那时候我只要一投入工作，就寂寞顿消，苦乐不晓，专心到可以忘掉身外的一切。可是谁叫我新近得了这种本事呢，我现在就会反思，在心理学上这叫做内省。我已经不会"外省"了。也就是说，人家的事我已经集中不了心思去思考了。我不是在那里潜心研究《梅斯特诉佐治亚州》一案，我心潮翻腾想个没完的是想我自己。

更何况办公大楼电梯里放音乐的喇叭如今天天在放圣诞颂歌，不住轰击我的耳鼓，我已经给轰得得了一种圣诞节精神分裂症。

我碰上的是这样一个难题，大夫。（我这是在向自己诉说，不过我觉得自己的判断有一定的可靠性，所以就称自己为大夫。）

上帝，应该说就是天国法庭上的大法官吧，因此他一再重申的一句话，就应该奉以为法律：

你应当在家里过圣诞节。

至尊的上帝立下的规矩，其他的我还可以含糊过去，独有这一条我是一定要老老实实遵守的。

巴雷特呀，你想家了，所以你还是（唉！）快快拿个主意吧。

可是大夫啊，这就有问题了：

哪儿算是我的家呀？

（"心之所在即为家，此乃天经地义。咨询一次，请付诊金五十元。"）

多谢了，大夫。我再付五十元，想请问一下：

我那要命的心又在哪儿呢？

以前我倒是不大糊涂的。

记得我还是个小孩子的时候，过圣诞节我就喜欢人家给我礼物，还喜欢装点圣诞树。

我后来长大成人，为人之夫，尽管詹尼是个不可知论者（"奥利弗呀，我可不愿意说自己是'无神论者'，免得伤了上帝他老人家的心。"），可是等她下班回来（她干过两处工作），我们就能双双团聚，在一起欢庆佳节。把圣诞歌曲换上些俚语粗话，唱得好开心。

从这点上看，圣诞节毕竟还是件大好事。因为，团聚总是团聚，到了圣诞节，晚上我们两个人总能借此团聚在一起。

眼下已是九点半，离圣诞节还有十二来天，人家正忙着买东西准备过节，我却已经没有这份雅兴了。因为，我刚才说了,我碰到了这么个难题。

根据最近的情况,今年圣诞节是不能去克兰斯顿过的了。克兰斯顿的我那位好朋友说,他参加了专为四十岁以上的单身者办的节日旅游,圣诞节不在家过了。("或许有什么收获也说不定呢!")听菲尔的意思,他这么办分明是为了解除我的后顾之忧。可是他这么扬帆一走,我却给丢在岸上,弄得进退两难。

我的二老双亲住在马萨诸塞州的伊普斯威奇,那边认为我的家应该在他们那儿。

玛西·宾宁代尔不去外地的话是跟我住在一起的,她主张圣诞袜①应该挂在八十六号街。

我呢,去哪儿可以不感到孤单寂寞我就愿意去哪儿。可是不知怎么,我总觉得我无论去哪儿,拿到的面包总是只有半只。

哎——且慢!分面包的办法也有个判例呢!作出这个判决的法官,好像是所罗门吧(也就是古时的所罗门王②)。我就采用他的分法得了。

就是:圣诞节跟玛西一起过。

到马萨诸塞州的伊普斯威奇去过。

---

① 装圣诞礼物的。
② 古以色列的所罗门王有过一个著名的断案传说。他遇到一件案子:两女争夺一子,都说那孩子是自己的亲生。所罗门王就当堂说,那就把孩子一劈两半,各取半个。亲生母亲不忍心,宁愿不要。所罗门王由此推得了真情,就把孩子判给了她(《圣经·旧约·列王纪上》3章16—28节)。

妙！妙！法—拉—拉—拉！拉—拉—拉—拉！

"你好，妈妈。"

"你好吗，奥利弗？"

"我好。爸爸好吗？"

"也好。"

"那就好。嗯……我想来告诉你一下……嗯……过圣诞节的事。"

"喔，这一回你可千万要……"

"行，"我马上给了她一颗定心丸，"我们准到。我是说……呃……妈妈，不知道我带个客人来行不行？呃……要是有地方住的话我还想带上个客人。"

真是多此一问！

"当然行啦，亲爱的。"

"是个朋友。"

"这句话添得妙，奥利弗。要不，她说不定还会担心上门的是个对头冤家呢。"

"喔！"妈妈的口气掩盖不住心中的激动（至于好奇那就更别说了）。"那好。"

"她从外地来。所以我们得招待她住。"

"那没什么，"妈妈说。"这位客人……我们认识不认识？"换句话说，也就是：她是谁家府上的小姐？

"放心好了，妈妈，用不到替她多张罗的。"

我这一句话可以叫她莫测高深！

"那好,"她说。

"圣诞节前一天我就早一点开了车来。玛西还得从西海岸搭飞机赶来呢。"

"喔。"

妈妈不会忘记我过去是怎么个人,所以她一定只当这是哪个遥远的大陆的西海岸呢。

"好吧,我们就等着你们……这位小姐叫什么?"

"纳什。玛西·纳什。"

"我们就专等你们光临。"

我也是一样的心情。要是告诉伦敦医生的话,他肯定会马上一点头:这种心情才有点意思。

三十二

这是什么缘故呢?

我猜也猜得出来:12月24日那天玛西从洛杉矶搭班机直飞波士顿,一路上她在肚子里翻来覆去琢磨的,一定都是些什么样的念头。中心的一条肯定是:这到底是什么缘故呢?

到底是什么缘故,他要请我去会会他的爹妈呢?而且还要一同过圣诞节。他这个举动,是不是说明他是在……认真考虑了呢?

类似这样的问题,我和她之间自然是从来绝口不提的。不过我有很大的把握敢说,飞机在高高的同温层里飞行,飞机上有一位布林·玛尔学院出身的女才子肯定是提出了很多假设,在那里一条一条思考,倒要研究研究,跟她在纽约同居的那位相好此举到底动机何在。

不过她却始终没有把问题提出来,没有直截了当来问我:"奥利弗——你干吗要请我去呀?"

幸而她不提。因为说老实话,她要是一提,我肯定只会说:"我也说不上。"

我是一时心血来潮匆匆忙忙作出了这个决定的,这也可以说是我的老毛病了。我没有跟玛西商量,就给家里打了电话。连自己心儿里也没有好好合计过。(不过我打电话去请玛西的时候,她倒一点不假显得很开心。)

我还匆匆忙忙把一个自欺欺人的信息传递给了自己的大脑:那不过是个朋友,你正打算带她去家里,却偏巧撞上了圣诞节。这里头没有什么特殊的含意,也根本没有特殊的"意图"可言。

放屁!

奥利弗呀,你那心里还会不清楚?请一个姑娘去见见你的爹妈,去过圣诞节,那难道还会有别的意思?

老弟,这可不是大学生班级里办的跳舞会啊。

如今看来这些就都再清楚不过了。时间已经过了整整一个星期。我此刻正在洛根机场①的候机大楼里,她坐的班机在空中一圈圈盘旋等待降落,仿佛受了感应似的,我也在大楼里一圈圈踱个没完。

奥利弗呀,在现实生活中,作出这样一个举动到底表示了些什么呢?

经过了这几天内心深处的探索,如今我可以作出清醒的回答了。这意思就表示想要结婚。要建立婚姻关系。成就百年之好。巴雷特啊,你愿意接受这股来去匆匆的旋风么?

正因为如此,所以这次伊普斯威奇之行说来就是为了要满足一种早已不合潮流的愿望:婚姻之事最好要得到父母的认可。怪了,为什么我至今还把爹妈的意见看得那么重呢?

---

① 波士顿的机场。

你爱不爱她？奥利弗？

啐！都什么时候了，还问自己这样的问题，傻气！

傻气？——内心又有一个声音嚷嚷起来——现在问才正是时候哪！

问我爱不爱她？

这个问题复杂得很，可不是一个简单的"是"或"否"所能回答得了的。

那么我又为什么一口咬定，说自己想要跟她结婚呢？

因为……

是啊，这恐怕是有些不合逻辑。不过我总认为，出自真心的承诺可以起到催化作用。举行了婚礼，"爱情"也将随之而生。

"奥利弗！"

第一个下飞机的就是我正在心里默默叨念的那位。看去一派神采飞扬。

"嗨，我真想你哪，朋友，"她一句话才说完，一只手早已伸进了我的茄克衫，在那里尽情地抚呀抚的。我虽然也把她搂得一样紧，手却不能在她身上放肆。我们到底是在波士顿啊。急什么，以后有的是时间。……

"你的小提包呢？"我问。

"我换了一个大的。办了托运了。"

"哦嗬。存心来让我们看时装表演啊？"

"没有什么太新潮的，"她回答说。这就承认了：她那个大提包里带来的行头都是经过精心考虑而置办的。

她手里提着个长方形的货包。

我就自告奋勇:"我来拿吧。"

"不了,这玩意儿容易碰碎,"她说。

"哈,敢情装着你那颗芳心啊,"我逗了她一下。

"别胡说,"她说。"那是送给你父亲的礼物。"

"喔。"

"我心里有些紧张,奥利弗,"她说。

米斯提克河大桥已经过了,我们如今已被裹挟在一号公路上的圣诞节的车流里。

"你尽胡扯,"我说。

"要是他们不喜欢我呢?"她又说。

"那也没啥,过了圣诞节把你换下场,不就得了?"我答道。

玛西撅起了嘴。撅起了嘴还是显得那么俏丽。

"你怎么就不肯说些好话给我打打气呢,奥利弗,"她说。

"我心里也紧张着哪,"我说。

车子驶上了格罗顿街,到我们家的大门口。一拐,这就进了我们家的领地。进了大门是那条长长的车行道。两边的树都是光秃秃的,不过四外依然保持着一派林木森森的静穆气氛。

"真幽静,"玛西说。(她本来也可以照样来一句"大而无当",想当初我到她家就是说得这样不客气的,不过她可决不是那种小心眼儿的女人。)

"妈妈,这位就是玛西·纳什。"

玛西的那位前夫假如别的没有什么好,至少他这个姓姓得可真不错。堪称平和之极,决不会引起人家的什么联想。

"玛西呀,你能光临,我们真是太高兴了,"妈妈说。"我们一直巴巴地盼着你来呢。"

"我也非常感激你们的盛情邀请。"

漂亮话说得天花乱坠,全是胡扯淡!看这两位知书识礼的夫人小姐,满脸堆笑,眉目传情,她们有口无心说的那些老套子、应酬话,可是我们这个庞大的社会的一大支柱哩。接下去便是"你风尘仆仆老远赶来一定够累的",以及"你为过节忙忙碌碌才够辛苦呢"之类,不一而足。

爸爸进来了,于是这一套又得照样来一遍。不过爸爸还不禁漏出了一句,说是玛西果然长得一表人才。按照他们那一套的规矩,玛西应该是累了,因此这时她就登楼去客房里梳洗梳洗,稍事休息。

留下我和爸爸妈妈,三人相对而坐。彼此都问候了近来身体可好,回答也都说很好。大家听了自然都连连称好。一会儿就要去唱圣诞颂歌了,玛西(妈妈叫她"可爱的姑娘")旅途劳顿,能去参加吗?外边可冷得很呢。

"玛西可厉害着呢,"我这话的意思恐怕不光是指她身体结实而言。"去唱圣诞颂歌,刮大风雪她都不怕。"

奥利弗的故事

"刮大风雪才好呢，"玛西这时正好走了进来。身上早已换上了一套滑雪服，今年圣莫里茨①滑雪者的流行服装肯定就是这样的，"我唱歌要走调，我就巴不得风大些，免得被人家听出来。"

"没有关系的，玛西，"妈妈的脑筋是不大会转弯的，她倒是当了真。"重在 esprit② 嘛。"

妈妈只要一有机会，就会在说话之间夹上个把法文的字眼。她在史密斯学院还念过两年书呢，你看这不是？

"你这套衣服挺不错，玛西，"爸爸说。我相信他心里一定是在暗暗称奇：这裁缝好手艺，一套冬装照样能衬托出她的……好身腰。

"很挡风的，"玛西说。

"这种季节要冷起来那真是不得了，"妈妈也来一句。

你瞧，有人成天只知谈天气，言不及其他，却照样能快乐安康，长命百岁。

"来前奥利弗就跟我说过，"玛西说。

玛西的本事也真大，这样的闲磕牙她居然也能对付。就好比果酱软糖，到了她手里也会当枪弹打。

七点半，我们跟伊普斯威奇的二十多位高级二流子集合在教堂跟前。我们这支唱圣诞颂歌的队伍里，最年长的是哈佛一

---

① 瑞士一滑雪胜地。
② 法语：精神。

〇届校友莱曼·尼科尔斯,年已七十又九,最年幼的是埃米·哈里斯,今年才五岁。埃米是我大学本科的同学斯图尔特的女儿。

见了我那位女朋友而没有看得眼花缭乱的,除了斯图尔特我倒还没有碰到过第二个。他又会觉得玛西如何呢?我看得出来,他的那颗心都扑在两个人身上,一个就是小埃米(当然他也得到了很大的回报),还有一个是萨拉。萨拉没来,留在家里照看才十个月的本杰明。

我突然一阵悚然,意识到自己也是在生命的旅途中跋涉。我这才真正感觉到岁月如流。心头不觉涌起一股凄凉。

斯图尔特有一辆面包车,因此我们是搭他的车去的。我把埃米抱在我的膝头上坐。

"你好福气啊,奥利弗,"斯图尔特说。

"可不是,"我回答说。

玛西显出了一副艳羡的样子,她这个角色是不能不显出这种样子的。

听啊,报信的天使在歌唱了……

我们这一套节目是演得烂熟了的,我们这一条路线也是走得烂熟了的:教区里有头有脸的人家一家家都要走到,他们见我们送颂歌上门,都报以礼节性的掌声,捧出些不含多少酒精的果汁牛奶酒来请我们喝,对孩子则另备牛奶甜饼招待。

玛西却挺喜欢这一套。

"这很有乡村风味,奥利弗,"她说。

到九点半,该到的人家差不多都已巡行到了,该喝的每一巡酒也差不多都已下了肚(哈哈,圣诞有妙语,"巡巡酬巡行")。按照老规矩,最后一站是我们家的宏伟府第多弗庄。

啊,来吧,虔诚的人们……

我看着爹妈到家门口来瞧我们。见他们脸上漾起了笑意,我心里倒琢磨了起来:那是因为有玛西挨在我身旁呢?还是埃米·哈里斯这小不点儿不但招我疼爱,也挺招他们疼爱的?

我们家招待大家的吃喝可就要丰盛多了。除了例有的牛奶果汁酒以外,还备了又香又甜的热酒为冻僵了手足的大人们驱寒。("你真是救世主呵,"一○届的校友尼科尔斯还拍了拍爸爸的背说。)

不一会儿大家就都散了。

我把热酒喝了个够。

玛西则喝了些滤清了的蛋奶酒。

"真有意思,奥利弗,"她说着一把拉住了我的手。

我看妈妈也注意到了她这个举动。不过妈妈并没有什么不高兴的表示。爸爸要说有什么反应的话,那就是起了一丝羡意。

我们装点起圣诞树来,玛西称赞妈妈的这些小玩意儿好漂亮。有一颗小星星,玛西一眼就认出那是水晶做的。

("这星星真美,巴雷特太太。看样子是捷克货吧。"

"是捷克货。还是我母亲在大战爆发前不久买来的呢。")

古雅珍奇的小玩意儿还真不少呢(有一些确实是够古老的,我倒希望我们家还是忘了那个时代的好)。玛西他们还把一串串的爆玉米花和酸果往树枝上挂,玛西挂着挂着,倒不好意思起来:"这一串串的都是谁串的,花的工夫可真不得了啊!"

这一下可让爸爸没费一点力气就接住了话茬。

"这一个星期来我太太简直就没有干过别的。"

"哦,这倒是真的。"妈妈的脸一红。

我对这种话儿可没有那么大的兴趣,我只是坐在一旁,把暖人心田的热酒呷上几口,心里想:玛西这是有意要跟他们亲热亲热呢。

十一点半,圣诞树装点齐全了,礼物都放在了树下,我年复一年使用的那只羊毛袜旁边今年还多挂了一只首次露面的旧袜,那是为我的客人准备的。到了该说明天见的时候。妈妈一个暗示,我们都遵命上了楼。在楼梯口,大家互祝快乐,但愿都能做上一个甜甜蜜蜜的梦。

"明天见了,玛西,"妈妈说。

"明天见了,谢谢你啊,"是对方的回答。

"明天见,亲爱的,"妈妈这次是对我说的,还在我脸上亲了一下。这匆匆一吻,根据我的理解是表示玛西获得批准了。

老两口回房去了。玛西转过身来。

"一会儿我就悄悄溜到你屋里来,"我说。

"你真疯了?"

"不,我是真按捺不住了,"我回答道。"嗨,玛西,今儿是圣诞前夜啊。"

"你爸妈知道了会不吓坏才怪,"她说。她这恐怕倒是一句真心话。

"玛西,我敢打赌,就是老两口今儿晚上也会想到要亲热亲热的。"

"他们可是正式的夫妻哪,"玛西说。跟我匆匆一亲嘴,她就挣脱了我的手,走了。

唉,瞧这个倒霉劲儿!

我拖着脚步来到我那个老房间里,室内的装饰都还是青少年时代留下的(球赛锦旗啦,全体队员的合影啦),至今全还完好无损,有如博物馆里陈列的老古董。我真想给乘船出海的那位打个无线电话,对他说:"菲尔,我希望至少你能不虚此行。"

这个电话我结果没打。

我上床去睡的时候,连自己也闹不清楚了:圣诞节我希望得到的到底是什么呢?

早上好!圣诞快乐!来来,这一包礼物可是给你的!

妈妈送给爸爸的,又是一盒领带和高支海岛棉纱手绢。看上去跟去年的也差不多。不过爸爸送给妈妈的一件晨衣也跟去年的差不多。

我得了六条领带,也不知应该叫什么时髦名堂,反正照布鲁克斯公司①的说法,这是眼下年轻人最理想的领带。

---

① 布鲁克斯兄弟公司,纽约的一家高级男子服饰商店。

妈妈送给玛西的是达夫妮·杜莫里埃①最近问世的一部新作。

我采购圣诞礼品,年年只花五分钟,这从我送给大家的礼品上也就看得出来。妈妈收到的是几块手绢,爸爸收到的又是领带,玛西收到的是一本书,书名叫《掌勺乐》(且看她是不是受到什么触动)。

大家都以迫切的心情(那也只是相对而言),等着要看看我们的贵客带来的是什么礼物。

首先有一点跟我们不同,那就是玛西的礼物不是在家里自行包扎的。她的礼物是从加利福尼亚带来的,外包装的功夫完全是专业水平(出自哪一家宝号不说也知道)。

送给妈妈的是一条淡蓝色的开司米披巾("哎呀,你这是何必呢")。

送给爸爸的自然是那个长方形的包包了,拆开一看,原来是一瓶59年的"上布里翁堡"葡萄酒。

爸爸说了句:"是葡萄酒的精品了!"其实爸爸并不是品酒的行家。我们家的"窖藏美酒"相当有限,只藏有一些苏格兰威士忌以备招待爸爸的客人,妈妈来了女宾也有一些雪利酒可以飨客,此外便只有一两箱上等香槟,专供盛大喜庆时用了。

我得了一副手套。货色当然考究非凡,但是我心里却不大痛快:玛西送我的礼物,只能戴在有一臂之隔的手上。那也未

---

① 达夫妮·杜莫里埃(1907—1989),英国当代女作家,《蝴蝶梦》的作者。

免太见外了。

("这么说你倒宁愿我送你一只貂皮里子的护身?"事后她这样问我。

"对——我就是那儿冻得最够呛!")

最后一件,也是只能垫底的一件,是爸爸给我的,年年都是这张老面孔:一张支票。

欢乐播四方……

威克斯先生的电风琴奏得劲头十足,我们随着这列队行进的乐曲进了教堂,向我们坐惯的座位上走去。教堂里早已坐得满满的,尽是跟我们差不多人家的人,也差不多一样都投来了打量的目光,不失稳重地在那里细细打量我们家的女客。("她不是咱们本地的人,"我管保他们一定都是这么说的。)不过也没有人会看得把脖子都扭了过来,公然不讳地盯着瞅个够,唯有罗兹家的老奶奶是例外,老奶奶已是九十几的高龄——据说已是九十好几了——所以自可破格允许堂而皇之瞅个够。

可是教堂里大家都在注意罗兹家老奶奶脸上的表情呢。他们不会不看到,老奶奶对玛西作了滴水不漏的观察以后,脸上透出了一丝笑意。啊,这刁老婆子都满意了!

我们文文雅雅地唱了颂歌(可不像昨天晚上那样扯起了嗓门直嚷了),牧师林德利先生主持了礼拜,可是我们听到的只是一片嗡嗡嗡。爸爸念了一段经文,平心而论,他念得是好。逢到逗号才顿一顿透口气,不像林德利先生那样,念不了几个字就要停一停。

一听讲道，天哪天哪，原来我们的这位牧师先生还挺跟得上世界形势呢。他提到了东南亚的战火，要我们趁圣诞佳节期间好好反思一下，这干戈不息的世界是多么需要和平王子①啊。

天幸林德利牧师在发气喘病，所以他上气不接下气的讲道讲得很短，真是功德无量。

赐福完毕，仪式结束，我们都退出大堂，来到外边的台阶上。这一幕，可说就是每年哈佛—耶鲁大赛后的校友大团聚的重演。不过今天早上谁的嘴里也闻不到一丝酒气。

"杰克逊！""梅森！""哈里斯！""巴雷特！""卡伯特！""洛厄尔！"

老天乖乖！

说话里提到一些老朋友的名字时，声音都是一清二楚的，这里边到底说些什么，就都咕咕哝哝难闻其详了，反正都是些无伤大雅的小事吧。妈妈也有些朋友得招呼，不过她们那边甭说就文静多了。

后来冷不丁听见一个嗓音大吼一声，喊的分明是：

"玛啊——西亲爱的！"

我倏地转过身去，看见我的女朋友跟个什么人拥抱在一起。

那要不是个上了岁数的老家伙，我早就打落了他的牙齿逼着他往肚里咽了，管它什么教堂不教堂！

---

① 指耶稣基督。

奥利弗的故事 | 251

爸爸妈妈也马上赶了过来,看看到底是谁跟玛西的招呼居然打得这样亲热。

把玛西紧紧搂在怀里不放的,原来是斯坦迪什·法纳姆老爷子。

"哎呀,斯坦迪什大叔,真没想到能在这儿跟你幸会!"

妈妈似乎顿时来了劲。玛西真是他的侄女?这可是"我们同道"中的一位名流啊。

"玛啊——西,像你这样一位久居大啊都市的大啊小姐,怎么也会到我们这个蛮荒之地来?"斯坦迪什发"啊"这个音时嘴巴张得可大了,大得可以吞下整个波士顿港。

"她在我们家作客,"妈妈插进来说。

"噢,艾莉森,那敢情好,"斯坦迪什说着,向我这边偷偷挤了挤眼。"你们可要好好看着她啊,小心别让你们家啊那个漂亮小伙子打啊她啊的主意。"

"我们把她在玻璃罩里罩着呢,"我挖苦了他一句。斯坦迪什老爷子却哈哈一笑。

"你们俩是亲戚?"我当下就问,心里只巴望斯坦迪什快把手放下,别老搂着玛西的腰。

"可以说情同骨肉。法纳姆先生和我的父亲当初是合伙人的关系,"她说。

"不是合伙人,"他却一口咬定,"是兄弟。"

妈妈"噢"了一声,看得出来她是巴不得通过这条新的线索,能多摸到一些情况。

"我们合伙养过一些赛马啊,"斯坦迪什说。"后来她啊父亲去世了,我也把马啊都卖了。再也提不起劲头来玩那啊玩意儿了。"

"是吗,"看妈妈圣诞礼帽下的那副脸色,可知她的好奇心已经成了一座十足的维苏威火山了。(因为斯坦迪什还只当我们家的人都清楚玛西的爸爸是谁。)

"有空的话啊下午到我这边来坐坐,"法纳姆老爷子临分手时说。

"我得就回纽约去,斯坦迪什大叔。"

"啊——你这个小妞儿倒是个大啊忙人哩,"他开心得哇哇直嚷。"嘻,没羞!偷偷摸摸溜到波士顿来,活像个小偷。"他向玛西飞了个吻,又扭过头来对我们说:

"可得让她啊多吃点哪。我记得不错的话啊,我的小玛啊——西一向是个节食派。祝大啊家圣诞快乐!"

他刚要走,忽然又想起点什么,于是就又喊一声:"你干得不错,玛啊——西,好好干下去。我们都为你而感到脸上有光呢!"

爸爸开了妈妈的面包车送我们回家。一路默默无语,那意味是深长的。

圣诞午宴开席了,爸爸开了一瓶香槟。

妈妈提议:"为玛西干杯。"

我们都举起酒杯来。玛西只是沾了沾嘴唇。这时我做了一件对我来说是一反常态的事:我竟会提议,为耶稣而干杯。

席上一共是六个人。除了我们原有的四个人以外,又多了两位客人:一位是妈妈的侄子杰弗里,从弗吉尼亚来,还有一位是海伦姑奶奶,她是爷爷的妹子,是位老姑娘,我一看见她就会想起玛土撒拉[1],想当年,她还跟爷爷一起在哈佛念过书呢。老姑奶奶耳聋,杰弗里又像肚子里有条绦虫似的,只管埋头吃他的。所以席间的说话都是些老生常谈。

我们都称赞那火鸡烤得太好了。

"别夸我,你们夸弗洛伦斯去,"妈妈谦虚地说。"为了烤这火鸡她天一亮就起来忙乎了。"

"特别是里边填的作料,那味道简直绝了,"我那位纽约的相好吃得兴高采烈。

"到底是伊普斯威奇的牡蛎,不是一般可比的,"妈妈真是得意非凡。

我们尽情享受,菜道道都是那么丰盛。我和杰弗里简直是在比赛,看今天谁能当这头名老饕。

这时候,怪了!爸爸竟又开了第二瓶香槟。我脑子迷迷糊糊,心里却还是有点儿数的,在那里喝酒的似乎就我和爸爸两个。我喝得最多,所以才这么迷迷糊糊的。

最后又是弗洛伦斯的拿手,年年都有的肉馅饼。席散之后就退到客厅里去用咖啡,这时已是下午三点了。

我还得等上会儿,才能跟玛西一起动身回纽约去。得等我肚子里消化消化,脑子里清醒清醒。

妈妈问玛西:"咱们去散散步好不好,玛西?"

"太好了,巴雷特太太。"

---

[1] 《圣经·旧约》中的长寿老人,据说活了969岁(《创世记》5章27节)。

她们就散步去了。

老姑奶奶早已在打她的盹了,杰弗里也上楼去看电视转播的橄榄球比赛了。

这就剩下了爸爸和我。

"我倒也很想去换换空气,凉快凉快,"我说。

"去散散步也好嘛,"爸爸回答说。

我们把上衣一穿,来到了屋外朔风凛冽的空气里。我心里很清楚:这出来散步的主意实际上是我向他提出的。我本来也满可以躲到楼上去,跟杰弗里一样去看橄榄球解闷。可是我不想那么办,我想说说话。想跟爸爸说说话。

"她是一个很可爱的姑娘,"爸爸也没等我问他,开口便提出了这个问题。

不过我看这也正是我想要跟他谈谈的话题。

"多谢你,爸爸,"我答道。"我的看法也是这样。"

"她好像……很喜欢你。"

我们这时已走到了小树林里。四下都是枯叶尽脱的树。

"我……也好像有点喜欢她,"我好半晌才说。

爸爸一个字一个字的辨着我这话的味道。我这样好说话儿,他以前可还没有怎么见到过。这些年来我是跟他顶撞惯了的,所以他无疑还有些担心,生怕我随时可能一言不合,便跟他谈崩。不过现在他渐渐看了出来,瞧这情况不会。因此他就大着胆子问我:"你这是认了真的?"

我们一路走去,半晌没有作一声,最后我才对他望望,轻声小气地回答:

奥利弗的故事

"我要是能说得准就好啦。"

尽管我的话说得含糊其辞,简直像打哑谜一样,爸爸却还是看得很明白:我没有说瞎话,我眼下的心情确实就是这样。一句话:有些不知所措。

"是不是……有什么为难的事?"他问。

我望着他,默默点了点头。

"我明白了,"他说。

怎么就明白了?我还什么都没有告诉他呢。

"奥利弗,你至今心里还很难过,这也应该说是人之常情。"爸爸的眼力这么厉害,倒叫我吃了一惊。可会不会他只是想说两句……来劝劝我呢?

"不,这不是因为詹尼的缘故,"我就这么回复他。"不瞒你说,我倒是已经准备好要……"这我为什么要告诉他呢?

他也没来追问。他只是耐心地等着我把意思表达完整。

过了好一会儿,他才轻声说道:"你不是说有一件为难的事吗?"

"是她的家庭让我为难,"我告诉他。

"噢?"他说。"她们那边……不大愿意?"

"是我自己不大愿意,"我回答他说。"她的爸爸……"

"怎么?"

"……就是那位已故的沃尔特·宾宁代尔。"

"我懂了,"他说。

就这样简短的一句话,结束了我们爷儿俩一生中最贴心的一次情感交流。

三十三

"他们喜欢我吗?"

"依我看他们是已经让你的迷汤灌醉了。"

我们已经驶上了马萨诸塞高速公路。天色早已黑透。公路上看不到一个出门人。

"你满意吗?"她问。

我没有接口。玛西巴不得我们能谈个滔滔不绝。可是我却两眼死死盯着那空荡荡的大路。

"怎么啦,奥利弗?"过了好一会儿,她终于又忍不住开了口。

"你这不是在故意奉承他们吗?"

她似乎没有想到这也会惹我恼火。

"那又有什么不好的呢?"

我发了一顿小小的脾气。"可你这又是图个啥呢,混蛋?你这又是图个啥呢?"

沉默了片刻。

"因为我想要跟你结婚,"她说。

幸亏车子是她在开。她话说得这样赤裸裸没遮没拦,当下简直把我给惊呆了。不过话也要说回来,她讲话可是从来不扭扭捏捏的。

"那我倒要看看你怎么来奉承我！"我说。

只听见风声飕飕，伴随着座下车行如飞。过了会儿，她才回了句："难道我们俩之间还需要来求爱这一套？我还以为这个阶段早就过了。"

我只是含含糊糊"哼"了一声，叫人也根本摸不准是什么意思。因为我要是一声不吭的话，怕会被误会沉默即是同意。

"你倒说说，奥利弗，我们现在到底已经到了哪步田地了？"她反问我。

"现在嘛，离纽约只有三个来钟点的路程了，"我说。

"我到底干了什么啦？"

过了斯图尔桥，我们停了一下，在"霍华德·约翰逊记"饮食小店喝杯咖啡。

我真想回她一句：你还嫌不够吗？

不过我还是冷静了下来，把已经到了喉咙口的火辣辣的话都硬压了下去。

因为我自己心里清楚，我一听见她嘴里吐出的这结婚二字，顿时就乱了心曲。这样心烦意乱，是绝对无法作出合乎理性的答复的。

"你说，我到底干了什么啦，惹你这样生我的气？"她又问了一遍。

我很想说：不是你干了什么，是因为有些事你没有做到，所以我才生你的气。

"不提了，玛西。我们俩都很累了。"

"奥利弗，你在生我的气。你与其这样生闷气，何不就索性摊开来说说清楚呢！"

这话她说得算是在理。

"好吧，"我就说了起来，一个指头在那层压塑料的桌面上尽自画着圈圈儿。"我们这一阵子有两个星期没在一起过了。尽管我们两人都很忙，可我却总是做梦也盼着你回来……"

"奥利弗……"

"同床共枕这只是一个方面。我更迫切需要的是你得守在我身边。就我们两个人在一起……"

"哎呀，得了，得了，"她说，"在伊普斯威奇过了个圣诞节，得了神经病了。"

"这个周末在一起还不够，得天天都在一起。"

她对我看了一眼。我虽没有提高嗓门，却还是不免面有怒色。

"啊，怪来怪去又要怪我这前几个星期老是在外地东奔西跑。"

"不，不是这几个星期的问题。是今后一千个星期、一万个星期都得在一起。"

"奥利弗，"她说，"我觉得我们俩所以能产生感情，很重要的一条原因就是我们彼此都尊重对方还有为事业而奉献的精神。"

她话是说得不错。不过只能在理论上成立。

"嗨——早上三点钟，冷冷清清一个人，你倒去尝尝这种

'为事业而奉献的精神'是怎么个味道！"

我只当妇女解放运动的大棒就要劈头盖脸打来。但是我估计错了。

"告诉你，我尝了，"她轻轻应了一声。"也不知尝过多少回了。"

她按住了我的手。

"怎么样？在旅馆里孤衾独枕，是怎么个滋味？"我问她。

"不好受哪，"她回答说。

我们总是这样：就好比打橄榄球，每次都攻到了球门区附近，却就是得不了分。这一回，可不是该她说"我输了，换一盘"了么？

"夜里孤单寂寞，你是怎么对付的呢？"我问。

"我就对自己说，这是没有办法的事。"

"你自己相信吗？"

我隐隐闻到了一股火药味，两种生活方式的大决战眼看已是一触即发。

"你希望一个女人能给你的是什么，奥利弗？"

口气是很温和。问题却大有深意。

"爱情哪，"我说。

"也就是说，你要女人做你的附属品？"

"我只要她能好歹留在家里，陪我多过上几夜，也就心满意足了。"

我不想跟她讨论什么哲学问题。也不想让她再牵出这个夫妻关系应该如何的题目来做什么文章。詹尼当年毕竟也是个职业妇女啊,可不是吗?

"我本来以为我们俩结为夫妇,是很幸福的。"

"是啊,只要我们两个人能够在一起嘛。不过玛西啊,这又不是你公司里进货,一个电话就能把库存补足的。"

我用商业上的行话作比喻说了这么句俏皮话,对方却并不欣赏。

"照你这么说,我们两个就应该有一个专门跟着,服侍另一个?"

"我就很情愿服侍你——如果你要我的话。"

"天哪天哪!我不是早就明明白白告诉了你我想要跟你结婚吗!"

看她的样子人又累,火又大。这种当口,确实不是说话的时候。

"我们走吧,"我说。

我付了账。两个人就出了店门,向汽车走去。

"奥利弗,"玛西说。

"什么事?"

"会不会是你想起了过去,心里就不乐意了?你瞧,你爹妈可是喜欢我的。当年你把詹尼带回家去的时候,他们才不是欢天喜地的呢。是不是这个缘故呀?"

"不是的,"我说。不过我把她的话深深地,深深地埋在了心里。

玛西也有她值得称赞的地方,她真不愧是个斗士。

就在我们圣诞到元旦的这一段休战期间,我发觉她一直在胸中暗暗部署一个新的战役。敌人,自然是她的那份本能:她不信任这个世界。

也包括我的那份本能:我也不信任这个世界。

总之,她总是尽可能留在家里,用电话指挥一切。我们这圣诞后的"神经病"发得挺厉害的,所以她这么办很不容易。不过她却硬是这么办了。她采取了遥控作战的办法。这样,晚上我们就总能在一起过了。而且还有件奇事:我们居然还在一起过了好几个下午。

到了除夕那天,她突然向我亮出了她的压台好戏。当时我们正准备去辛普森家赴宴(我还悄悄备了一瓶"碱性矿泉水"①以防万一呢)。就在我刮脸的时候,镜子里忽然出现了玛西的俏影,眼前顿时一亮。她说话也不转弯抹角。

"有个任务你愿不愿意接受,奥利弗?"

"什么样的任务?"我带着些警惕问。

"去作一次小小的旅行怎么样?时间定在二月份。"

"大概你连地方也已经决定了吧。"何必去挖苦她呢,奥利弗,看来她这是动过点脑筋的。

"别紧张——也别胡猜疑,"她说。"当然,事情要问起因还是在我这里:香港有个时装展览,得我去查看一下……"

"香港!"

---

① 一种帮助消化的药。"碱性矿泉水"是商标名。

她拿东方的胡萝卜来哄我了！我是一脸的笑。

"这么说你愿意了，朋友？"

"你的意思还是说你放不开工作，"我是一副猜疑的口气。

"去露一下脸罢了，那又怎么能算工作呢？再说，那时正当'中国新年'期间。我们也正好趁此就我们俩去单独过个节。归国途中还可以在夏威夷停一下。"

"嗯……"我没有表示意见，可是脸上的表情却分明是：好家伙！我越发警惕了，于是又问：

"你在夏威夷有生意上的事要办？"

"没有。除非捡椰子也算是生意。"

到新年了，提这么个计划，真有她的！

"怎么样？"她说。

"很好嘛，玛西。特别是去夏威夷。静悄悄的海滩……踏着月光漫步……"

"只当是度蜜月，"她说。

这用语耐人寻味！不知她是故意的还是无意的。

我没有回过头去看她，而是朝镜子里扫了一眼，想瞧瞧她脸上是什么样的表情。

镜子上却白蒙蒙尽是水汽。

我去找老板说，老板给我的答复不是准假二字。

他说的是快去快去。

倒不是他们嫌我讨厌，巴不得打发我走。而是我进了法律事务所以后,至今还不曾享受过一天假期呢。

不过,度一次假也是要作出一些牺牲的。有一些案子我就不能参加了。比如,华盛顿有两宗拒服兵役案,诉讼中就要援用我在《韦伯诉征兵局》一案中已经取得的成果。而且,二月份国会还要就如何解决名无实有的种族隔离问题作出一项决议。因此我就有些想当然的多虑,总是不大放心。

乔纳斯先生笑笑说:"你是担心你走了几天这天下就会整治得太平无事了,我说你就放心吧,我们一定替你留下一些冤案,等你回来再办。"

"这就多谢了,先生。"

"可你也要稍微顾顾自己呀,奥利弗。你是有功之臣哪。"

就在准备出国的期间(香港旅行社送来的游览参考资料足有一大堆),我还为"夜半突击队"处置了几件案子。我还揭穿了一起蒙蔽消费者的骗局。案子我就交给巴里·波拉克接手去办——他已经把地方教育董事会一案的官司打赢了。

"嗨,玛西,你知道《南京条约》是怎么回事?"

"记得好像电影《日本天皇》里提到过,"她回答说。

吃早饭,吃晚饭,刷牙,我不放过一点一滴机会向她灌输这方面的知识,甚至还不怕打搅,特地打电话到她办公室里去找她。

"《南京条约》嘛,这是你非了解不可的……"

"哦,我还非了解不可?"

"对。当年英国人对外侵略扩张,发动鸦片战争……"

"啊,鸦片。"她的眼睛一亮。

她不安心听,我也没管她,只顾继续讲我的。

"……中国就被迫把香港割让给了英国人。"

她只是"哦"了一声。

"那还只是开了个头呢,"我又说。

"我明白了,"玛西说,"结果呢,是英勇的大律师巴雷特终于迫使英国人把香港交还给原主。对吧?"

她微微一笑,屋里似乎一下子亮了许多。

"那你呢,这次旅行你都做了些什么准备工作呢?"我问。

"那儿我去过也不止一两回了,"她说。

"喔,真的?那你倒说说,我一提'香港',你心里首先想起的又是什么?"

"兰花,"玛西回答说。"花天花地,妙不可言,光是兰花,品种就有九十个之多。"

啊,如此花事,真是美不胜收了。这个大老板,毕竟是位善感的女性。

"玛西,我每一种都给你买一盆。"

"你说了话可要算数啊。"

"要是不算数,随你怎么办好了,"我答道。

眼睛一晃,新年已降,"功夫"歌儿,大声来唱!

我且歌且舞,合上了文件夹,从办公室里走出来,跟大家

——握手。因为明天我们就要去遥远的东方了!

"放心好了,"阿妮塔说。"你在这里的事我会代你照应的。阿洛哈①,奥利弗。"

"不,不,阿妮塔,不能这样说,"我这个新近当上的中华文化宗师泰斗马上纠正她,"要说恭喜发财。"

"发?你是说我身体又发福了?"

"不是不是,"宗师泰斗回答说。"这是我们中国每当新年伊始的祝颂之辞:恭喜发财,就是祝你兴旺富足,洪福齐天。再见啦。"

"再见了,你个走运的家伙。"

这样我们就动身了。

---

① 夏威夷语的"再见"。

三十四

我对香港没有留下多少记忆。只记得我最后一次见到玛西·宾宁代尔是在香港。

我们是星期二早上离开纽约的,中途飞机只在费尔班克斯①停了停,加了一次油。我倒很想在阿拉斯加实地来一客"烤阿拉斯加"②尝尝。玛西却一心想出机场去打一场雪仗。两个人还没有来得及商量妥当,扩音机里已经在叫我们登机了。

我们两个人占了三个座,睡得真是能有多舒服就有多舒服。按不住这过节一般的兴奋的心情,我们居然也加入了那班没正经的男女所说的"高空俱乐部"。也就是说,人家乘客都在欣赏屏幕上克林特·伊斯特伍德③为了一把金元而把大批坏蛋开枪打倒,我们却在那里偷偷尝我们爱的滋味。

飞机在东京着陆,已是星期三(!)的傍晚了。在这里换机,中间有四个钟头的间隙。经过了二十个小时的飞行加缱绻,我已是疲惫不堪,所以就在泛美航空公司的转机休息室里找了一张长沙发,不客气呼呼大睡起来。玛西却依然精神十足,她早就约好了几个人从市区赶来跟她在这里碰头,此刻她就在跟他们谈判。(这并不违反我们事先达成的协议,我们说好了她要办四天的公事,剩下两个星期我们就什么都不管,痛痛

奥利弗的故事

快快度我们的假。)等到她来把我叫醒,登机转飞香港时,她跟那位专门供应精致小商品的日本商人高岛矢之间的一笔时髦珠宝饰物买卖,也已经连每个细节都谈妥了。

我再也不睡了。我太兴奋了,巴巴的只等着看香港那港口一带的灯光。一直到快近午夜时分,飞机徐徐降落了,这时一派闪耀的灯光才终于映入了我的眼帘。那个场面真比我以前见过的照片还要美妙十倍。

有一位叫约翰·亚历山大·项的,到机场来接我们。显然他就是替玛西照看在港一应业务的头号主管。他年已三十好几,一身穿着都是英国货,说话的口音却是一副美国腔。("我是在美国念的商学院,"他说。)他老是喜欢说"一切OK",他为我们作出的种种安排也确实可以赞一句"一切OK"。

因为,飞机降落后还不到二十分钟,我们就已经离了机场,穿过港湾,前往我们下榻的维多利亚了。我们搭乘的是一架直升机。从机上看去,那个景色真是太壮观了。整个城市,就像嵌在黑沉沉的中国海上的一颗钻石。

"本地的俗话说得好,"约翰·项说。"'万点灯火一天红'呵。"

"都这么晚了,怎么他们还没睡觉?"我问。

---

① 在阿拉斯加州。
② 一种甜食,又叫烘烤冰淇淋,即在冰淇淋蛋糕上覆以经过了烘烤的蛋白。
③ 美国著名电影演员。

"过我们的新年呗。"

瞧你这糊涂蛋,巴雷特!你是干什么来的,怎么都忘记得干干净净了!亏你还研究过今年是狗年呢!

"那你们要到什么时候才睡呢?"

"啊,过个两三天也不算什么稀奇。"项先生说罢一笑。

"我可顶多只能再支撑半分钟了,"玛西叹口气说。

"你该是累了吧?"这个龙马精神的奇女子也会说这样的话,倒着实使我吃了一惊。

"累透啦,明儿一清早的网球也不想打了,"她说完,还在我耳朵上亲了亲。

黑夜里我看不到这别墅的外貌。可是那屋里装修陈设之豪华,简直就跟好莱坞电影中看到的一样。别墅高高的坐落在半山腰里。也就是说,比下面的港口要高出近一英里(我们乘坐的直升机都没有飞得这么高呢),因此从后院里远远望出去,那景色是绝美的。

"可惜眼下是冬天啦。天太冷了点,不然还可以下游泳池里去打几个转,"约翰说。我倒没有留心,原来花园里还有个游泳池呢。

"我的脑袋这会儿就在直打转呢,约翰,"我说。

"他们这里的时装展览为什么就不在夏天办呢?"玛西问。在这别墅里当差的总共是一个"阿妈",两个男听差,他们正忙着把我们的行李搬进来,打开箱箱包包,把衣服挂好,既然如此,我们也就只好闲聊天了。

奥利弗的故事

"香港的夏天可不是怎么好过的,"约翰回答说。"那么高的湿度,才不好受哪。"

"是啊,湿度达到了百分之八十五以上,"说这话的是巴雷特,他事先早已把资料看得烂熟,这会儿虽然困倦,这一条还是记得的,所以就引用了。

"对,"项先生说。"跟八月里的纽约差不多。"

显然他是不大愿意承认香港也不是桩桩件件都"一切OK"的。

"明天见了。我希望你们能喜欢我们的城市。"

"啊,那是一定的,"我回答得十二分得体。"贵地真堪称流光溢彩,花团锦簇。"

他走了。我这句文绉绉的评语,无疑使他听得很得劲。

玛西和我疲劳过了头,反倒又不想睡了,我们就索性坐一会儿。男听差里那个当上手的送来了葡萄酒和橘子汁。

"这个安乐窝是谁的?"我问。

"是一个房地产大老板的。我们只是租用的,一年一算。我们进进出出的人多,自己立个门户比较方便些。"

"我们明天干什么呢?"我问。

"喔,还有不过五个来钟头,就要有车子来接我去我们的办事处。接下去我要设午宴招待金融界巨头,少不得要谈笑风生周旋一番。你也可以来参加嘛……"

"多谢,我就免了吧。"

"那我就让约翰来听你使唤。让他陪你去游览游览。看看胡文虎花园①,逛逛市场。下午可以去一个小岛上玩玩。"

"就我跟约翰两个人?"

她笑笑。"我还想让他陪你去沙田看看。"

"对了,就是那个万佛寺。对不对?"

"对,"她说。"不过大屿山那边还是改天就你我两个人去,我们可以在那里的宝莲寺过夜。"

"哎呀,你对本地还挺熟呢。"

"我来过好多次了,"她说。

"就独自一人?"我掩盖不住内心的妒意。这次我跟她来香港玩,我要从头到尾不容外人插足。

"岂止是独自一人,"她说,"简直是孑然一身寂寞得要命。只要一望见落日,这种寂寞之感就来了。"

好极了。她也加入望落日的队伍了,不过她还是个新手,我来教教她。

就明天吧。

我当然还得买架照相机。

第二天早上约翰把我带到九龙,在气派宏伟的海运大厦我买了好多摄影器材,价钱便宜得差不多像白捡。

"怎么搞的,约翰?"我问。"日本制造的照相器材卖价比日本国内还低。法国香水比巴黎还卖得便宜!"(我给玛西买了一些香水。)

---

① 即虎豹别墅。

奥利弗的故事

"这就是香港的奥妙。"他说着微微一笑。"这个城市,神着哪。"

我首先得去看看那闹新春的花市。"彩虹村"里各色菊花、水果,还有描金的神像画轴,多得都摆不下了。我那架新买的相机自然是大开洋荤,把这绚丽多彩的场面用彩色胶卷拍了个够。(我还给玛西买了好大一束鲜花。)

随后又回到维多利亚来。来到一处,只见街道都是一级级上山坡的。简直就是一个旧金山,只是道路很窄,街市更是密如蛛网。我们去了"猫街"①,街上的货摊都挂起了大红绸扎的彩球,什么东西都有叫卖——真是五花八门,无奇不有,挖空心思也想象不出来!

我吃了一个"百岁蛋"②。(嚼了嚼,觉得有股怪味儿,我就赶紧咽了下去。)

约翰老老实实告诉我,实际上做这种蛋至多只消几个星期的工夫。

"做起来要加上砒霜,蛋壳上还要涂上一层泥。"(他说这话的时候,我的蛋早已入了肚!)

我们还经过了一些卖草药的。可是对那些草籽啦,真菌啦,还有海马干啦,再向我兜卖我也不感兴趣。

再过去是酒店,店里卖的……却是蛇酒!

---

① 香港一些导游手册向游客介绍的游览景点里有一处叫"猫街"。"猫街"其实不是正式的街名,本地人管这条街叫摩罗上街。这是一条"古玩街"。
② 即松花皮蛋。

"不行,约翰,"我说,"这蛇酒我受不了。"

"哎呀,这酒可灵啦,"我见了这样的奇风异俗吓得大惊失色,他看着觉得挺有趣的。"蛇毒和了酒喝,是一味很常用的药。那功效可神啦。"

"你举个例说呢?"

"治风湿就有效。还有壮阳之功。"

但愿我眼下全都用不着。

"我记在心上就是,"我说,"可今天我看到这儿兴致也已经尽了。"

于是他就驾车送我回到别墅。

"如果你早上起得早的话,"车子一停下,约翰便说,"我明天可以带你去看一样有趣的。是体育运动方面的。"

"啊,我最喜欢体育运动了。"

"那我七点钟来接你,好不好?植物园①里有打太极拳的。可有意思了。"

"OK,"我说。

"祝你晚上过得愉快,奥利弗,"他临走时说。

"谢谢。"

"说实在的,香港之夜天天都是愉快的,"他又添上了这么一句。

"玛西呀,我真只当自己在做梦了,"我说。

---

① 指香港动植物公园。

奥利弗的故事

半个小时以后,我们已经来到了海上。这时太阳早已半落西山。我们坐了一艘小船去"香港仔",那儿"水上饭店"①林立,望不尽的一片灯彩。

"照俗话说起来该有万点灯火,"宾宁代尔小姐说,"所以这还没有进入佳境呢,奥利弗。"我们在荧荧的宫灯映照下吃饭,盘里的鱼刚才还在水里游得挺欢呢,是我们现点下锅的。我还尝了几口葡萄酒。这酒是——旁边该没有中央情报局的眼线吧?——红色中国来的,味道相当不错。

此情此景,真恍若神话世界一般,可惜一谈起来,又免不了都是那老一套了。比如这一天来她都干了些什么劳什子。(我是已经只有来一声"哇!"或"好家伙!"的份儿了。)

她中午宴请了金融界的那一班达官贵人。

"他们的英国味儿太浓了,"玛西说。

"这是块英国的殖民地嘛。"

"话虽是这么说,可这班大人先生的美梦也做得太美了,他们还指望女王陛下来为他们新建的板球场揭幕剪彩呢。"

"不奇怪!那才叫够味儿呢。我看女王陛下还真会大驾光临呢。"

上甜点了。我们于是又谈起了我们的这次"忙里大偷闲",只要再过两天,就可以大玩而特玩了。

"约翰·项人挺机灵的,"我说,"他充当导游很善于激

---

① 当地人所谓"海鲜舫"。

发你的游兴。不过我是不想先去爬太平山①了,还是让我过一天握住你的手,跟你并肩站立在山顶上。"

"这样吧。明天我跟你在山顶上碰头,咱们就专门去看日落。"

"太好了。"

"咱们约好五点钟碰头,"她又补上一句,"地点在山顶的最高峰。"

"就用这共字号的葡萄酒,为咱们干一杯,"我说。

我们亲了个嘴,快活得都飘飘然了。

要等太平山顶上暮色降临,这白天又怎么打发呢?

好吧,先去看太极拳。约翰是精于此道的,一招一式都说得出名堂。那全凭内功,制约自如,真是绝了。看完打拳他又提出到胡文虎花园去看玉器展览,就在那边吃些"点心"权当午餐。我说好,只要不让我吃蛇就行。

拍过了五十七张柯达彩色照片以后,我们便坐下来喝茶。

"玛西今天也不知在办些什么公事?"我问。我这是想抚慰抚慰约翰的意思,他可毕竟是玛西手下的一名要员,不是个一般的导游。

"她今天要跟工厂的负责人开会,"他说。

"宾宁代尔公司也有工厂?"

"严格说来这些工厂并不是公司的。我们只是跟他们订了

---

① 即扯旗山。香港本岛的主峰。

包销合同。这也是我们企业经营中最关键的一招。就是发挥我们的所谓香港优势啦。"

"什么样的优势?"

"人力的优势啦。用你们美国人的说法,就是劳动力。香港人干一个星期挣的钱,还赶不上美国工人一天的工资。有的甚至连这么一点都还挣不上……"

"哪些人呢?"

"童工的工钱就别想跟成人工比。能拿到一半就心满意足了。结果呢,一件漂漂亮亮的衣服在纽约的交货价格,才及得上美国或欧洲市场价格的一个零头。"

"明白了。有意思!"

约翰见我已经解开了这香港"优势"的奥妙,显得很高兴。说老实话,劳动力问题在旅行社的导游手册里是看不到的,所以我很乐意听他的开导。

"再比如,"约翰又接下去说,"一只饭碗假如有两个人想要,有个解决的办法就是一个人的饭两个人分着吃。这样就两个人都不至于失业了。"

"不假,"我说。

"是不假。"他笑笑,对我这句美国俗话很欣赏。

"不过这么一来,两个人就都干了全份的活儿,却只拿半份工资了,"我说。

"他们也照样很愿意,"项先生拿起了账单。"我们要不要把车开到乡下去转转?"

"哎,约翰,我倒很想到个工厂去看看。办得到吗?"

"香港有三万家工厂,那还不容易?大到很大的大厂,小到家庭作坊,色色都有。你想看什么样的?"

"嗯,我想去玛西的工厂走马看花参观一下,行不行?"

"我当然一切OK,"他说。

我们首先来到九龙的一个地区,这种地方你在香港的明信片上是怎么也看不到的。拥挤,肮脏,简直照不到一点阳光。街上挤满了乱哄哄的人,我们一路把喇叭按个不停,才算开了过去。

车子在一个院子里停好以后,约翰说道:"第一站到。这是生产衬衫的。"

我们走了进去。

我突然觉得自己像是退回到了19世纪。到了马萨诸塞州的福耳河城。

这是个血汗工厂。

换不得半个字,十足地道就是一个血汗工厂。

又窄,又黑,又气闷。

只见好几十个女工,都扑在缝纫机上,干得真像连命都豁了出去似的。

除了表明生产效率高的一片机器喀哒声和马达嗡嗡声以外,其他什么声音也没有。

跟当年阿莫斯·巴雷特的工厂有什么两样呢!

一个监工匆匆走过来迎接约翰和我这个西方来的外宾。当下我们就由他带着去参观。那真是让我大开了眼界。厂子是小得不能再小了,可是眼前的情景却是惨得不能再惨了。

那监工咭咭呱呱讲个没完,讲的都是中国话。约翰告诉我,说他是在夸他手下这帮女工的生产技术有多熟练。

"这里生产的衬衫质量是顶刮刮的,"约翰说。

说着他就停下来冲一个女工一指,那女工正以飞快的动作把衬衫袖子往机口里送。

"瞧!绝不绝,用双针缝的!这样的质量是世界首屈一指的!眼下在美国都还出不了这样的产品呢。"

我仔细一看。

说来遗憾,约翰本是随便找个例子让我看看的,可他却偏偏挑错了人。问题倒不在于这女工的技术,而在于这女工本身。

"这小姑娘多大了?"我问。

那小妞儿还是以熟练的手法只管埋头缝她的,没有理会我们。倒是好像还稍稍加快了手里的速度。

"她十四了,"那监工说。

他显然是懂一点英语的。

"约翰,那是睁着眼睛说瞎话,"我悄声说道。"这丫头明明顶多不过十岁。"

"是十四,"那监工却一口咬定说。约翰也就听了他的。

"奥利弗,那合乎法律上规定的最低年龄。"

"我不是说法律上定得高了还是低了,我只是说,这个小姑娘才十岁。"

"她有身份证,"那监工说道。工作上用得着的英语他还是能对付两句的。

"让我们看看，"我说得很客气，不过也没有加上个"请"字。约翰的脸上始终没有一点表情，那监工就叫小丫头把身份证拿出来看。小姑娘慌忙找了起来。天哪，我又不能对她说我是不会敲碎她的饭碗的。

"喏，请看吧，先生。"

那头头把一张证件冲我一扬。证件上没有照片。

"约翰，"我说，"上面没有照片哪。"

"不满十七岁，身份证上规定不用贴照片，"他说。

"是这样，"我说。

看他们的神气像是在怪我怎么还不往前走。

"也就是说，"我又接着说道，"这小丫头是从一个大姐姐那里借来了一张身份证。"

"明明白白是十四岁！"那监工放大了嗓门又冲我说。他把身份证还给了小姑娘。小姑娘如释重负，回过身去又干起活来，干得比刚才还快。只是现在还不时偷偷拿眼来瞟我。糟糕，这不要害她出工伤事故吗？

"叫她不用紧张，"我对约翰说。

约翰用中国话跟她说了两句，小姑娘于是就只管干她的，再也不偷眼瞟我了。

"请请，喝茶去，"监工说着，一路点头哈腰，把我们尽往一个小间里让，那就是他的办公室了。

约翰心里明白：我根本不信那小姑娘是十四岁。

他就对我说："你瞧，反正她干的是十四岁的活儿嘛。"

"可她又能挣几个钱呢？你不是说过吗，童工的工钱只及

奥利弗的故事 | 279

得到成人的一半。"

"奥利弗,"约翰还是那么沉得住气,"她干一天可以拿十块钱回家哪。"

"那可好,"我说,可又跟着补上一句,"不过是港元。折合美元只有一块又八毛,对不对?"

那监工递给我一件衬衫。

"他让你看看这做工有多考究,"约翰说。

"不错,"我说。"这'双针缝'的玩意儿的确很新颖别致(到底有多大意思我就说不上了)。事实上这样的衬衫我自己就有两件。"

要知道,这里出品的衬衫都是标上"宾氏名士世界"商标的。看来今年爱穿衬衫加毛衣"两件套"的男士,穿这种衬衫是时髦了。

我低头喝着茶,心里却在想:远在万里以外的老家纽约,我们那位埃尔维·纳什女士①,是不是知道自己大力推销的这种风流潇洒的时式服装是怎么样制作出来的呢?

"我们走吧,"我对约翰说。

我憋得都快透不过气了。

我把话头转到了天气上。

"到了盛夏季节这里的日子一定是很不好过的,"我说。

---

① 前文提到过,埃尔维·纳什是纽约宾宁代尔公司"名士世界"新潮男装部的售货小姐(见第17章)。

"潮湿极了,"约翰答腔说。

这个题目我们是早就谈过的了,所以我的回话也是现成的。

"就跟八月里的纽约差不多,是不?"

"不相上下,"他说。

"那是不是……影响了女工的工作效率呢?"

"你是说……"

"我看车间里没有安装空调啊,"我说。

他对我瞅了一眼。

"这是亚洲,奥利弗,"他说,"不是加利福尼亚。"

车子还在一路往前开。

"你住的公寓里有空调吗?"我问。

约翰·项又瞅了我一眼。

"奥利弗,"他若无其事地说,"在我们东方,工人对生活所抱的期望是没有那么高的。"

"是吗?"

"就是。"

"可约翰呀,在你们亚洲难道普通的工人就不想要吃饱肚子了吗?"

他没有答腔。

"那么,"我又接着说,"你总也承认凭这一块八毛钱是维持不了生活的吧?"

我知道他心里是早就恨不得一个"千钧掌"把我给劈死了。

奥利弗的故事

"这里的人干活就是不怕吃苦，"他是一副理直气壮的口气。"我们这里的太太们是不会在美容院里捧着本杂志解闷儿的。"

我知道出现在他脑子里的一定是我的母亲，在他的心目中我的母亲就是坐在干发器下打发时光的。

"就比方说你看到的那个小女孩吧，"他又接着说。"她一家都在那个厂里做工。她母亲到晚上还要替我们再做些针线活儿呢。"

"在自己家里做？"

"对，"约翰答道。

"哎呀，这不是劳工法上所说的'在家做工'吗？"我说。

"不错。"

我犹豫了那么一下。

"约翰老兄，你是商学院毕业的堂堂研究生一个，"我说。"你总应该记得在美国'在家做工'所以被判为违法的道理吧。"

他笑笑。"你不了解香港的法律。"

"算了吧，你这个丑恶的伪君子！"

他猛的一踩刹车，车子刺的一声停了下来。

"我没有必要来挨你的臭骂，"他说。

"你说得对，"我说着就开了车门。可是不行，我不能就这样气冲冲一走，我还得把这个道理说一遍给他听听。

我就把口气放得很温和的，对他说："在家做工所以被判为违法，是因为那可以不受工会规定的最低工资的约束。不得已而去干这种活儿的人，老板高兴给多少他们就只能拿多少。通常都是可怜巴巴的，差不多等于零。"

约翰·项对我一瞪眼。

"你的演讲讲完了吗，自由派的先生？"他问。

"讲完了。"

"那就请听我来讲讲，你也了解了解本地实际存在的情况。这里的工人所以不参加工会，是因为大家都情愿一个人的工资让几个人分着挣，大家都情愿自己的孩子去干活，大家都情愿能弄上点活儿拿到家里去做。你明白啦？"

我也不想去跟他多说了。

"还可以告诉你这个臭律师，"约翰最后说，"在本港是根本没有什么最低工资的。你这个下地狱的坯子！"

他一踩油门就呼地把车开走了，所以我也没有来得及告诉他：我这不是早已在地狱里了吗？

三十五

我们在生活中做这样那样的事,要说理由真是多种多样,错综复杂。一般以为,是个成熟的大人了,为人处世总应该有个逻辑性,听从理智。遇事总应该考虑周全了再放手去做。

不过伦敦医生有一句话他们恐怕就未必听说过——伦敦医生有一次却告诉我:不妨等事情都过去了,过段时间再来好好想想。

弗洛伊德——对,就是弗洛伊德——有一次也说过,生活中遇到一些小事,我们的行动自然应当服从理智。

可是要作出一些真正重大的决定,我们还是应该听潜意识的。

玛西·宾宁代尔站在 1800 英尺高的山顶上,香港的整个港口都展现在脚下。天色已是薄暮。就像点蜡烛似的,市区的灯火一处处都亮起来了。

风很冷。吹得她的头发都披拂在前额上,以前我总觉得她这个形象是挺美的。

"嗨,朋友,"她说。"看山下哪,灯火点点到处都是。我们在这里可以一览无余。"

我没有答腔。

"要不要我把一些名胜古迹指给你看?"

"我今天下午都看够了。那个约翰陪我去的。"

她应了一声:"哦!"

渐渐的她发觉了,她对我笑脸相迎,我却并没有笑脸回报。我只是仰脸望着她,心里在嘀咕:这个女人,难道我就差点儿……爱上了她?

"有什么事不高兴?"她问。

"多着哪,"我回答说。

"举个例说说呢?"

我把口气放得很平静。

"你的血汗工厂里用了童工。"

玛西犹豫了一下才开口。

"谁家的工厂不是这样?"

"玛西,这不成其为理由。"

"看看是谁在发这高论?"玛西说得不动一点声色。"是马萨诸塞纺织大家族的巴雷特先生!"

我对此是早就有了准备的。

"问题不在这儿。"

"怎么不在这儿?你们家沾光早就沾够了,你们的手段跟眼下这里的工厂又有什么两样?"

"那是一百年前的事了,"我说,"那时世上还没有我,我也没法去表示反对。"

"你装得倒像圣人,"她说。"请问,是谁挑上了你,让你改造这个世界来啦?"

"我说,玛西,我根本没有能力改造这个世界。可是我可以不去同流合污,这还有什么做不到的?"

她却摇了摇头。

"奥利弗,你打出这面自由派的破旗,不过是想找个由头来做幌子罢了。"

我瞅着她没有吭声。

"你打算要跟我一刀两断,所以就想找一个像样些的理由。"

我真想对她说,只恨我这个理由太充分了!

"算了吧,"她说,"你的话也只能骗骗自己。就算我把全部家业一股脑儿都捐给了慈善事业,到阿巴拉契亚山里去教书为生,你也会另找个理由的。"

我扪心自问。可是心里明明白白的念头只有一个,那就是只想快走。

因此我也就认下了:"有可能。"

"那你为什么不拿出点胆量来,老老实实说你根本就不爱我呢?"

玛西渐渐有些沉不住气了。还说不上心里焦躁。也说不上怒火中烧。只是原先那副神话一般的泰然自若的仪态已经有些难以维持了。

"别这么说。我是爱你的,玛西,"我说。"可我就是没法跟你共同生活。"

"奥利弗,"她的回话口气很平静,"看来你是跟谁都没法共同生活的。你的心都还在詹尼身上,你并不真想再找个人来做你新的伴侣。"

我答不上话。她提起詹尼,刺得我心都碎了。

"你瞧,我是了解你的,"她又接着说。"你以为那'事关原则问题',其实这都是些门面话。你只是想找一个能为大家所接受的借口,好在心里继续怀念你的詹尼。"

"玛西?"

"怎么?"

"你这个女人真是冷酷无情。"

说完我转身就走。

"等等,奥利弗。"

我收住脚步,回过头去。

她还站在那儿。在哭了。不过声音很轻。

"奥利弗……我需要你啊。"

我一言不答。

"我看你也是需要我的,"她又说。我一时真不知道该怎么办好。

我望着她。我知道她那种孤独的滋味是凄凉得够受的。

可是问题也就在这儿。

我,又何尝不是如此呢。

我一转身,就顺着柯士甸山道下山而去。再也不回过头去看。

暮色已经四合。

我真恨不得这黑暗能把我吞没得无影无踪。

三十六

"那你来点儿什么呢,大夫?"

"就来个柠檬蛋白卷吧。"

乔安娜·斯坦因医生说着便一伸手,在摆食品的柜台上取了个蛋白卷放在自己的盘子里。就这么个蛋白卷,加两根芹菜,便是她的一顿午餐了。她刚才还说来着:她现在要节制饮食。

"好奇怪,"我说。

"没法子呀,"她回答我说。"我这个人就是喜欢吃特甜的甜食。只好来两根芹菜,好哄哄自己的良心。"

我回来已经有两个星期了。头几天只觉得疲劳,随后几天又只觉得生气。后来,似乎兜了一个圈子又回到了原处,我心里只感到寂寞。

不过却有一点不同。

两年以前,我的心里是伤心压倒了其他的一切。现在,我却明白了自己需要的是有个伴侣。有个合适的伴侣。我不想再等待,也不想再瞎闯了。

我提起电话来打给乔安娜·斯坦因时,心中唯一的不安就是我还得胡扯些鬼话,给她解释一下为什么我这么长时间一直跟她没通音信。

她也始终没问。

在电话里她只是表示接到我的电话她很高兴。我请她吃饭。她说还是就在她医院里一起吃午饭吧。我马上遵命照办,因此现在就是在她的医院里。

我一到,她就过来在我脸上亲了亲。这一回我也照样亲了她一下。我们相互问了近况,回答也都没有怎么详谈。两个人都是在埋头苦干,忙得够呛,等等,等等。她问我都办了些什么案子。我给她讲了个斯皮罗·阿格纽①的笑话。她听得哈哈大笑。我们在一起,彼此都觉得很自在。

后来我问起她医院里的工作。

"谢天谢地,我在这儿的工作到六月份要结束了。"

"那以后呢?"

"到旧金山去干两年。那是一家教学医院,工资也不高,只够维持生活。"

我在心里飞快合计了一下:旧金山离纽约足有几千里路呢。奥利弗你这个傻瓜蛋呀,这个球可不能再接漏了啊。

"加利福尼亚,好地方!"我应了一声,好争取点考虑的时间。

我事先已经约好,这个星期要到克兰斯顿去度周末。我何妨就请她跟我一块儿去,作为朋友之间的交往也可以嘛。她跟菲尔一定合得来的。由此入手,倒不失是个机会。

我最后一句话却引出了她的话来,轰的一下往我的耳朵里

---

① 斯皮罗·阿格纽:当时在任的美国副总统,已见前注。

直钻。

"倒还不在于加利福尼亚地方好,"乔是这么说的。"这里边还牵涉到一个人。"

啊,一个人!这也是情理之中的事。奥利弗呀,没有你,这世上的人还不照样在过日子?你没去找她,难道还要她苦苦的想你、守你?

我不知道自己的脸上有没有流露出失望的神气。

"哎唷,这倒是个好消息,"我就回答说。"是个医生?"

"那当然,"她笑笑说。"吃我们这碗饭的,不碰到医生,还会碰到谁呀?"

"他也喜欢音乐?"

"吹双簧管还勉强能对付。"

奥利弗呀,酸溜溜的刨根问底该到此为止啦。你应该显出一副若无其事的样子,换个话题谈谈。

"路易斯王爷可好?"

"越发疯了,"她回答说。"大家都问你好,请你星期天有空……"

算了吧,我可不想碰到吹双簧管的那位。

"好极了,我改天一定去,"我说了句鬼话。

沉默了一会儿。我慢慢呷着咖啡。

"嗨,我可以跟你说老实话吗,奥利弗?"她压低了嗓门偷偷对我说。

"请说吧,乔。"

"说来也真有点难为情,我……很想再来一个蛋白卷。"

我一副当仁不让的样子,替她去拿了一个来,只装是自己要吃。堂堂的医学博士乔安娜·斯坦因,居然为此对我感激不尽。

我们这短短的会面很快就到了结束的时候。

"祝你到了旧金山一切顺利,乔,"我临分手时说。

"请经常跟我保持联系。"

"好的,一定,"我说。

于是我就拖着慢吞吞的脚步,回市中心上班去了。

三个星期以后,出现了一个人生的转折点。

几年来爸爸老是说快六十五了,快六十五了,如今可当真到了六十五了。这天在他的办公室里大家为他祝寿。

我是坐短程班机去的,因为下雪,飞机晚点了一个小时。等我赶到时,很多客人已经几大杯下了肚,而调酒缸里的酒却还是加得满满的。转来转去,见到的尽是花呢套装笔挺的人。大家都盛赞爸爸真是个了不起的好伙伴。瞧着吧,这句话以后就要成为他们的口头禅了。

我很注意礼数。爸爸的几个合伙人连同他们的家人都来了,我就去跟他们一一攀谈。头一个是沃德先生,这是一位很和善的老古董,陪同他的几个子女也都是候补老古董。接下来又去招呼西摩夫妇,这老夫妻俩原先好不精神,如今却落得愁眉苦脸,只会一个劲儿叨念他们的儿子:他们的独生子埃弗里特是个直升机驾驶员,在越南打仗。

妈妈就站在爸爸的旁边,在那里招待巴雷特家各地企业派来的代表。这里边有一个还是纺织工会的干部呢。

这个人我一眼就认了出来。他叫杰米·弗朗西斯,在满堂宾客中就他一个是没有穿布鲁克斯或杰普雷名牌服装的。

"可惜你来晚了一步,"杰米说。"我刚才还作了个发言,可惜你没有听到。你瞧——会员们还集体送了件礼物呢。"

他指了指董事会会议室里的那张桌子,桌子上摆着一台埃特那自动电子金钟,亮晶晶的数字显示出此刻的时间是6:15。

"你父亲真是一个好人。你有这么个好父亲应当感到自豪,"杰米又接着说。"我跟他在一张桌子上开会,至今已有近三十年了,我可以告诉你,这三十年可没有一年是好过的。"

我只是点了点头。杰米似乎一心只想把他表彰我父亲的那篇发言给我完完整整重新讲一遍。

"当初在五十年代,工厂老板都争先恐后往南跑,纷纷到南方去开厂。丢下了一大帮工人,弄得生活无着。"

这话倒不是他夸大其词。当初新英格兰一些工厂林立的城市,眼下都成了冷清清的荒城一个。

"可是你爸爸却让我们坐下一起商量,他说:'我们决定坚持在原地。希望大家协力相助,一定要提高我们的竞争能力。'"

"请说下去,"我说,仿佛他还得我催催才会说下去似的。

"我们提出要更新机器设备。依我看当时也决没有哪一家银行会发了疯，肯给他提供这么一大笔资金……"

他歇了口气。

"结果巴雷特却说到做到，马上把钱拿了出来。投入了三百万块钱，算是保住了我们的饭碗。"

这件事爸爸可从来也没有对我说起过。不过话说回来，我也从来没问。

"当然啦，要说压力，他今天受到的压力才真叫够呛哪，"杰米说。

"怎么？"

他对我瞅瞅，吐出两个字来："香港。"

我点点头。

他又接着说了下去。"还有台湾。眼下韩国也在干起来了。真他娘的要命哪。"

"是啊，弗朗西斯先生，"我接口说，"那种竞争是够凶的。"实在我心里也清楚着呢。

"我这要不是在他的办公室里，恐怕粗话说得还要多些呢。他确是一个十足的好人，奥利弗。说句不怕你生气的话——他跟你们巴雷特家的有些人就是不一样。"

"是啊，"我说。

"其实，"杰米说，"他所以总是千方百计不肯亏待了我们，我看原因也就在这里。"

我猛然一抬眼，向对面的那头望去，只觉得爸爸所在的地方，站着的已是一个完全不同的人了。我从来也没有发现，原来他的心灵是跟我有个相通之处的。

不过虽是一样都有这么一种感情，有一点他却跟我不一样，那就是他说得少，做的却要多得多。

到11月里，总算报了仇，出了气。

在橄榄球赛上一连几届被压得抑抑不得志，这一回哈佛可终于把耶鲁打了个屁滚尿流。结果是14比12。起决定作用的，一是老天帮忙，二是我们的防守队员表现出色。多亏老天帮忙，送来了大风，才使对方马西的传球绝技没能充分施展。也多亏我们防守队员表现出色，对方伊莱最后的一次冲击也到底给截住了。我们在军人体育场里看球的，个个笑逐颜开。

我们驱车去波士顿市区，一路上爸爸还赞不绝口："赢得好！"

"何止是好——简直是妙不可言！"我说。

人渐入老境，一个最明确的迹象就是对一年一度的哈佛—耶鲁大赛谁胜谁负也开始当件大事了。

不过还是我那句话：我们赢了球，这才是最重要的。

爸爸把车就停在州府大街左近他办公大楼的停车处。

停好了车，就步行去饭馆，打算大嚼一顿龙虾，少不了还要说说那老一套的话。

他脚下还是劲头挺足的。因为他尽管已是这么大年纪，一个星期五次到查尔士河上去划船还是老规矩。他的身体可好着呢。

我们的谈话主要都是谈的橄榄球。爸爸从来没有问过我——我想也绝对不会问我——跟玛西的事到底怎么样了。至于其他的话题，只要是他认为不该提的，他也绝对不会提起。

因此我就采取了主动。

我们走过巴雷特—沃德—西摩投资银行的办公大楼时，我就开了口："爸爸？"

"什么事？"

"我想跟你谈谈……我们银行的事。"

他对我瞟了一眼。脸上没有透露出一丝笑意。不过看得出他是调动了全身的力量才忍住了的。他毕竟是个运动员，不到终点线，这手里的桨是一直要划下去，不能有一点松劲的。

那可不是我一时的心血来潮。但是我也始终没有告诉爸爸我是走过了一条多么曲折的道路，才终于作出决定，准备……投身进去的。因为，作出这个决定所花的时间实在太长了。

我平时决策很果断，可是这一次，从半年多前参加了爸爸的生日宴会回来以后，我却是天天在考虑，夜夜在考虑。

首先是，我已经不可能再爱纽约了。

要消除心灵的寂寞，在纽约是不行的。我现在最需要的是得有个着落。得找个着落的地方。

问题恐怕还不仅在于我对自己的家庭已经改变了看法。恐怕应该说，我也实在太想回家了。

我以前一直想做这样的人，想做那样的人，为的就是想避而不见自己的真实身份。

可我终究是奥利弗·巴雷特。后面再加上个"第四"。

奥利弗的故事

三十七

1976年12月

我住在波士顿已经快五年了。跟父亲一起在银行办理业务,一直到他退休。说实在的,起初我也很怀念当律师办案子。不过我愈是干下去,就愈觉得我们这巴雷特—沃德—西摩银行的工作也是很有意义的。因为,我们出力筹资兴办的公司企业,创造了许多就业的机会。我觉得这就很值得我引以自豪。

说到就业不就业,我们在福耳河城的工厂依然都是一片兴旺。说真的,要说厂里的工人有什么失意的话,那就是在运动场上他们却遭到挫折了。

每年夏天举办郊游活动的时候,总要比一次垒球,由工人队对总管理处队。自从我加盟总管理处队以后,工人队年年得胜的局面马上颠倒了过来。我的安打率达到了60.4%(绝对不是吹牛,各位),四年里总共打出了七个本垒打。我想对方大概都在盼我快快到了年纪退休呢。

由我们提供资金帮助的企业不少,《华尔街日报》上不可能一一报道。比如有一家菲尔糕饼房,报道里就没有提。菲尔的糕饼房已经搬到劳德戴尔堡①去了。克兰斯顿到了冬天难见阳光,冷得够受,菲尔的健康很受了些影响,到佛罗里达去真是再好也没有了。

他一个月总要给我来一次电话。我经常问起他的社交生活，我知道在他的圈子里合适的女士是不会少的。他总是以一句"日久自明"把问题回避了过去，随即就把话头马上转到我的社交生活上。

我的社交生活倒也不算枯燥。我住在灯塔山②上，这个地方已经成了晚近新出道的一些大学毕业生的聚居地，名闻遐迩。要结交些新朋友是不难的。我的新朋友也不都是工商界的。时常跟我在一起喝一杯的斯坦利·纽曼，就是个专门演奏爵士乐的钢琴家。又比如贾埃尼·巴尼亚，是一位崭露头角指日可待的画家。

我的那些老朋友自然也依然跟我时有过往。辛普森夫妇有了个小子，眼下格温又怀上了老二。他们到波士顿来看橄榄球大赛什么的，总是住在我家里。我的住处是相当宽敞的。

斯蒂夫告诉我，说乔安娜·斯坦因已经跟马丁·贾菲结了婚，我想这一定就是那位眼科医生兼双簧管手了。他们现下住在西海岸。

根据我在《时代》杂志上看到的一则小消息，宾宁代尔小姐近时已经再婚。对方是个叫普雷斯顿·埃尔德的（"现年三十七，在华盛顿执律师业"）。

我想这结婚的流行病最终也总会传染到我的身上。最近我

---

① 在佛罗里达州的东南部，是个有十多万人的城市。
② 波士顿的灯塔山是马萨诸塞州的州议会所在地。

就跟安妮·吉尔伯特经常有约会,她是我的一个远房表亲。不过眼下我还说不上这事到底有几分认真。

多承那些冰球迷们投我的票,我还当上了哈佛的校风督导员。我这就有了堂堂正正的理由,可以到坎布里奇去,不是哈佛人而照旧堂而皇之以哈佛人自居了。比起当年来,时下的大学生看去似乎年轻多了,也多了一点邋遢相。可我有什么资格来说三道四?我是因为职业的关系,才不能不打上个领带的。

生活就是这样老是向我提出挑战。我总是一天从早直忙到晚。我从自己的工作中得到了极大的满足。是的,我虽是巴雷特家的人,可是能尽到责任却是我最大的快乐。

我身体还很不错。每天傍晚总还要到查尔士河边去跑步。

如果能跑上五英里地,抬眼望去,对岸就是哈佛的灯光。我在那幸福的岁月里走过的地方,又都看见了。

回来的路上天色已黑,为了消磨时光,我总是一边跑,一边就回味过去。

我有时忍不住会问自己:要是詹尼今天还活着,我会怎么样呢?

我的回答是:

我一定也还活着。

译后记

《爱情故事》的内容写到1967年12月詹尼去世为止,这已是一个相当完整的故事。书是1970年问世的,三十三种文字翻译出版、两千多万册的印数,对作者当然是一种鼓舞,却也可能成为一种诱惑。因此到1977年,西格尔又出版了《奥利弗的故事》。主人公还是那个奥利弗,怀着丧妻之痛独居在纽约的奥利弗·巴雷特第四。

没有爱情,故事当然就不好看,吸引不了读者。作者在新作里又设计了一个新的爱情故事,这也在情理之中,没有什么可深责的。女主角好办,全新的人物登场,可以由作者随他的意思去创造。可是奥利弗就麻烦了,他和詹尼的感情实在太深,心灵的创痛一时难以愈合,这就促使作者不能不使出浑身解数,调动一切手段,勉为其难地用爱情的主线把故事串联起来,连精神病专家医生都给请了出来。这件婚事成功不成功当然是给读者的一个悬念,然而更大的悬念却是,这老是功亏一篑的根本原因到底在哪里。新的女主角玛西身上并没有詹尼那么多的"刺",跟奥利弗又样样都合得来,而且处处那么迁就,可是奥利弗却就是听不得结婚二字,一听这两个字就心里发毛。事实证明:丢不开心里的詹尼,怕自己受骗上当,两人难得能在一起相处,谈心又总是谈不到点子上,这些都不是决定性的原因。决定性的原因还是奥利弗在这个女强人的身上看到了自己那不光彩的老祖宗的影子。用奥利弗自己的话说，是她逼着奥利弗要去"参加当今社会的那个可恶的权贵集团"。奥利弗在香港太平山山顶上对玛西一番决绝的话表白了他的做人之道："我根本没有能力改造这个世界，可是我可以不去同流合污。"所以归根到底还是思想上的不合拍，决定了这件婚事势必要以失败告终。

然而细细探究起来，奥利弗出了学校、踏上社会的这几年来，他自身发生的变化也是相当耐人寻味的。他学生时代的叛逆性本来就是有一定的局限的，当上了律师，他自以为干得轰轰烈烈，接办的都是有关"民权"大事的案子，替好些"冤包子"申雪了冤枉，讨回了公道，还到哈莱姆去尽义务帮黑人打官司，也参加了反对越战的示威运动，成了他父亲眼里的所谓"行动派"，但是他当年所要反对的一切的集中体现——他那位父亲，在他心目中的形象却发生了变化，而且这个转变竟是一百八十度的！岁月磨钝了少年的棱角也许是一个原因，但是更重要的因素恐怕还是当时社会环境的影响。从60年代进入70年代，一批原来不满现实、只求尽量发泄的年轻人渐渐步入了中年，开始向往一种较为稳定的生活，就业问题也就成了他们目光关注的大问题。这时候奥利弗所看到的父亲，身上就完全没有了他们那不光彩的老祖宗的影子，因为他为那么多的人解决了就业问题。在奥利弗看来他想必已经不算是"那个可恶的权贵集团"中的一员了。最后奥利弗居然放着干得一帆风顺的律师不做，还心甘情愿去接了他老子的班。这，恐怕是很多读者所始料未及的吧。

作者近年来创作颇丰,除前已提及的几部作品以外,又陆续出版了《医生》和《归依记》,而且篇幅是一部比一部大了。

舒 心
1996年10月

图书在版编目(CIP)数据

奥利弗的故事 / (美) 西格尔(Segal, E.)著;舒心译. —上海:上海译文出版社,2012.4
(译文经典)
书名原文:Oliver's Story
ISBN 978-7-5327-5765-7

Ⅰ.①奥… Ⅱ.①西…②舒… Ⅲ.①长篇小说-美国-现代 Ⅳ.①I712.45

中国版本图书馆 CIP 数据核字(2012)第 035090 号

Erich Segal
OLIVER'S STORY
Copyright © 1977 by Erich Segal
Chinese Translation copyright © 2012 by Shanghai Translation Publishing House
All rights reserved
图字:09-2012-124 号

奥利弗的故事

〔美〕埃里奇·西格尔 著 舒心 译
责任编辑/冯 涛 装帧设计/张志全工作室

上海世纪出版股份有限公司
译文出版社出版
网址:www.yiwen.com.cn
上海世纪出版股份有限公司发行中心发行
200001 上海福建中路 193 号 www.ewen.cc
山东鸿杰印务集团有限公司印刷

开本 787×1092 1/32 印张 9.75 插页 5 字数 129,000
2012 年 4 月第 1 版 2012 年 4 月第 1 次印刷
印数:00,001—10,000 册

ISBN 978-7-5327-5765-7/I·3411
定价:36.00 元

本书中文简体字专有出版权归本社独家所有,非经本社同意不得转载、摘编或复制
如有质量问题,请与承印厂联系调换。 T:0533-8510898

"译文经典"(精装系列)

瓦尔登湖	[美] 梭罗 著 徐迟 译
老人与海	[美] 海明威 著 吴劳 译
情人	[法] 玛格丽特·杜拉斯 著 王道乾 译
香水	[德] 聚斯金德 著 李清华 译
死于威尼斯	[德] 托马斯·曼 著 钱鸿嘉 译
爱的教育	[意] 亚米契斯 著 夏丏尊 译
金蔷薇	[俄] 帕乌斯托夫斯基 著 戴骢 译
动物农场	[英] 乔治·奥威尔 著 荣如德 译
一九八四	[英] 乔治·奥威尔 著 董乐山 译
快乐王子	[英] 王尔德 著 巴金 译
都柏林人	[爱] 乔伊斯 著 王逢振 译
月亮和六便士	[英] 毛姆 著 傅惟慈 译
蝇王	[英] 戈尔丁 著 龚志成 译
了不起的盖茨比	[美] 菲茨杰拉德 著 巫宁坤 等译
罗生门	[日] 芥川龙之介 著 林少华 译
厨房	[日] 吉本芭娜娜 著 李萍 译
看得见风景的房间	[英] E·M·福斯特 著 巫漪云 译
爱的艺术	[美] 弗洛姆 著 李健鸣 译
荒原狼	[德] 赫尔曼·黑塞 著 赵登荣 倪诚恩 译
茵梦湖	[德] 施托姆 著 施种 等译
局外人	[法] 加缪 著 柳鸣九 译
磨坊文札	[法] 都德 著 柳鸣九 译
遗产	[美] 菲利普·罗斯 著 彭伦 译
苏格拉底之死	[古希腊] 柏拉图 著 谢善元 译
自我与本我	[奥] 弗洛伊德 著 林尘 等译
"水仙号"的黑水手	[英] 约瑟夫·康拉德 著 袁家骅 译
变形的陶醉	[奥地利] 斯台芬·茨威格 著 赵蓉恒 译
马尔特手记	[奥地利] 里尔克 著 曹元勇 译

棉被	[日] 田山花袋 著 周阅 译
69	[日] 村上龙 著 董方 译
田园交响曲	[法] 纪德 著 李玉民 译
彩画集	[法] 兰波 著 王道乾 译
爱情故事	[美] 埃里奇·西格尔 著 舒心 鄂以迪 译
奥利弗的故事	[美] 埃里奇·西格尔 著 舒心 译
哲学的慰藉	[英] 阿兰·德波顿 著 资中筠 译
捕鼠器	[英] 阿加莎·克里斯蒂 著 黄昱宁 译
权力与荣耀	[英] 格雷厄姆·格林 著 傅惟慈 译
十一种孤独	[美] 理查德·耶茨 著 陈新宇 译
浪子回家集	[法] 纪德 著 卞之琳 译

ISBN 978-7-5327-5765-7